試按上帝的電鈴

——人才紅利時代之一

羅青 著

目次

卷二　只許一人知

卷三　高板凳與矮板凳

卷四　試按上帝的電鈴

〔序〕

為現代詩畫鬆綁

余光中

1

大約在四十年前，羅青出版了一本奇特的詩集，叫做《吃西瓜的方法》，我讀後深有所感，主動為他寫了一篇書評，名之為〈新現代詩的起點〉。從此臺灣的現代詩的寫作，或多或少，就有了若干質變。當時所有的現代詩，不但在氣質上多愁善感，與社會相當格格不入，在語言上也注重「張力」，繃得很緊。羅青的詩在氣質上卻頗平心靜氣，對社會並無敵意，而語言上也放鬆了「張力」，甚至有點詼諧，偶開玩笑。我寫了那篇書評，是表示對新起點的歡迎，而非樂於發現又見一位新人，風格和我親近，足證吾道不孤。我發覺，羅青的詩風在於主題貫串全篇，因此警句不多。與當時的現代詩形成對照的，是此前的詩，偶見警句，有句而無篇，失去了平衡。另一對照，是此前的詩，好引西洋詩的名句為副題，挾洋自壯。

2

詩心通於畫意，所以後來羅青漸漸在國際以畫家成名。他的畫意充盈了中國水墨的傳統與西方創意的新銳。最動人的，是其實中盈虛，虛中含實，終於虛實相通，即虛即實，出入無礙，自由得令觀賞者虛實相激，一面訝其可驚，一面又樂其可喜，這種來去自由，令人如看川劇之「變臉」。我最歡喜天真未泯的嬰孩，兜其驚訝的絕招，是對他笑，忽然以手蒙面，忽然又縮手露臉，可謂屢試不爽。觀賞羅青的畫，我們就變成了小孩，被戲於川劇的變臉。看他的畫，還買一送二，有不少「小確幸」。他擅於利用中國畫的傳統：例如在畫面蓋印，以求其驚訝與平衡，讓西方的觀眾誤會用印處原來是畫的一部分；又常於畫上題句，增加意外的情趣；或將觀眾立足點提高，俯視得見馬路在下面轉彎，而椰樹的頂枝頂葉，在風中飄搖。

3

羅青的畫藝終於蓋過了詩名，乃使楚戈順著我的句法，刊出文章，且名之為〈新文人畫的起點〉。當年我肯定羅青率先開闢新疆，其意不在引他跟上吾道，而在鼓勵他獨上征程。他的長征今日已明確可見。如今他回顧上世紀臺灣文藝的成就，不見唐文標那麼悲觀，評價那麼負面；反而認為它貢獻多元，觸鬚敏銳，值得作家與藝術家們引以自豪。信心如此樂觀，值得我輩高興。

羅青歷數他有幸得挹清芬的二十三位先進，感謝當年獎掖他的前輩，其中我較感親切的，包括梁實秋、周策縱、林海音、高陽、席德進，和我的叔叔余承堯。最後一人，雖血緣與我親近，我存和我卻不很感到孺慕，因為他鄉情至上，而且重男輕女。每次來我家吃飯，總說我母親的手藝遠不如永春菜，盡失風度，怎能和高克毅、思果來我家作客時讚不絕口相比。但客觀上，我們又不得否認他來臺後把南管的藝術也傳來，隔海成了「漢唐樂府」，而且鄉愁的畫筆也寄愁於永春的青山，發展成「鐵甲山水」的獨創皴法。儘管如此，他過日子卻安貧樂道，粗茶淡飯，不求功名，能寫舊詩，也擅書法，一派老式文人的風骨，而衣著毫不講究，簡直近乎邋遢。

4

羅青這部回憶錄，共寫了四位老友：卷一〈天真直率詩無敵〉寫紀弦，卷二〈只許一人知〉寫周策縱，卷三〈高板凳與矮板凳〉寫周夢蝶，卷四〈試按上帝的門鈴〉寫羅門。他回憶的這四人，也都是我的老友。如果我縱筆寫來，至少得動用六千字。紀弦本來是「文敵」，當年在成功中學教書，他的詩風與詩論，尤其是「現代詩乃橫的移植，而非縱的繼承」，語出驚人，使「渡海三家詩人」之二，鍾鼎文與覃子豪感到不安，竟成立藍星詩社以為抗衡。藍星的作風比較中庸，對紀弦「飛揚跋扈為誰雄」的霸氣，不甘認輸，我在中央副刊上發表了一首詩加以諷刺。同時《文星》雜誌也提供了寶貴的篇幅，讓詩人們爭議新詩西化的問題。其實，不久紀弦偏激的主張，也透過他主辦的《現代詩刊》影響了我。同時，《現代詩刊》也一直對我有惡評。過了很多年，紀弦遷居去美國西岸，曾經領了我遊覽舊金山，完全忘記了和我交手論詩的舊事。老來我們重逢，他完全看不出有什麼芥蒂，閒談之中，有時興奮得像一個小孩。最近我收到陳幸蕙主編的散文集《我只想回到自己的家》，其中有紀弦的文章〈一隻鴿子〉。這才發現他的文體全然變了。以前在臺北鼓動現代主義風潮時，他慣於文白夾雜，會寫出「乃有我銅山之西應」一類的句子，暗暗地引起吳望堯的仿效。〈一隻鴿子〉全用白話寫出，生動地描寫他跟一隻鴿子的交情，令我非常感動。至此我對紀弦的看法全面改觀，肯定他是一位不失赤子之心的老頭。

5

卷二〈只許一人知〉追述的是旅美多年的學者兼作家周策縱先生。我和周先生沒有深交，但對其人與其作品一向敬佩。羅青把周先生描寫成一位詩魔，家中詩多成災，無地自容，可想起文人之家，無一倖免。我倒記起夏濟安教授在臺大宿舍的書桌如何書滿甚至書溢的亂象。在他的房裡早就需要一位厲害的女工來徹底清理。大約是在一九八一年，我還在中文大學教書時，即曾開車帶了周公、黃國彬、我存去香港仔華人公墓苦尋蔡元培校長的葬址。後來三代詩人：周公、我、國彬各有一詩紀念此事。周公是兩棲而跨界的詩人，能寫傳統的舊詩，也會像辛笛一般自由，寫五四時代的白話新詩。不過周公更是學者，對五四運動史的研究，久已聞名。

6

卷三〈高板凳與矮板凳〉所追述的是作者和周夢蝶先生的交往。我和這位周公的交往，既深亦久，因為他是藍星詩社的作者，不但在武昌街擺街頭的書攤，做了「一人大學」的孤獨國主，而且常一人去我廈門街的住家，藍星詩人高談闊論，他總是在旁靜聽，偶然加入。他是河南人，隨軍來臺，後竟獨來獨往，成了孤獨國主，成名之後，詩友多了，也就登了「明星」之樓。他不解英文，卻勤讀佛經與聖經之譯本，博採眾議，寫出富於矛盾語法的新詩。就這麼，粗茶淡飯，不求聞達於富貴，他過著獨立而自由的日子。不過他雖自由，卻不寂寞，而與女弟子們的通信，倒熱鬧得很。我先後贈他好幾首詩，外加一篇短評（〈一塊彩石就能補天嗎？〉），他卻有收無答。於是我終於向他抱怨，為什麼「重女輕男」？瘂弦也曾對我笑語：「夢蝶是最浪漫的詩人。」儘管如此，他仍是紀弦以下最艱苦卓絕的詩僧，粉絲之多，不可思議。追思會在臺北舉行，我遠在高雄，又在病中，未能北上親悼，除在聯副發表一詩外，說不出深心是哀其往生，或慶其脫解。

7

卷四〈試按上帝的門鈴〉追述的是大羅（門）與小羅（青）交往的經過。羅門是一位很難分析的詩人，意象雖然好大喜功，卻抽象到不夠落實。因為書卷不夠，而許多大而無當的意象，又往往與意念不相配合，令人迷惑。所以我對他自撰的繽紛術語，總是無法理出頭緒，久之也就放棄釐清，更久也會只覺無奈。我發現，中文欠精的讀者，容易陷入其中，莫能自拔，只能感到一層朦朧之美。羅青比我有耐心，因此較能發現大羅的佳妙，以及其中蘊藏的諧趣與想像力。例如他把泰順街的住家布置成燈屋，名之為白宮。羅門對中國古典詩興趣不大，所以引來引去，只有那麼幾句；他讀的英文詩也非常有限。總之他能用的傳統都存底頗淺。他非常自我中心，所以變來變去，大半是土法煉鋼，籌碼全是來自血肉之軀。羅門似乎一刻也不能忘懷自己是詩人，這在現實生活中引起很大的挫折。他進了醫院，本應記得自己的身分是病人，而非「偉大的詩人」，結果他會攔下工作中無辜的護士，向她宣示詩歌的功德，並且展示自己寫在海報上的大字作品。在許多場合如此宣揚自己怎麼懷才不遇，連人才濟濟的大會上也憤憤不平地為群眾可惜他被冷落的不幸。羅青認為他廣東話（實為海南話）的國語，像唸魔咒一般，宣揚貝多芬或巴哈的真諦，其流暢而自得之聲浪，將聽眾推入一道螺旋的迷宮。他為畫展慷慨陳辭時，也不遜於為詩傳道。所以畫展的請帖，曾印有「名詩人，心靈探測博士主講」之句，以資號召。

蓉子不但是虔誠的基督信徒，也是一位體貼的妻子，但羅門蔽於自我的優越感，似乎並不欣賞，反而認為她的詩遠遠不如丈夫。真是人在福中不知福，反誤會自己受盡了委屈。

8

〈咽下一枚鐵做的月亮〉是羅青這本回憶錄的「附錄」，紀錄二〇一四年九月在深圳跳樓自殺的青年工人許立志（1990-2014），因為留下不少絕命詩，而令舉世震驚，且令羅青聯想到當年由大陸來臺的天才詩人楊喚（1930-1954）。茲錄廣東籍的許立志遺作之一，以為印證：

〈懸疑小說〉

去年在網上買的花
昨天晚上才收到
實事求是地說
這不能怪快遞公司
怪只怪
我的住處太難找

因此當快遞員大汗淋漓地
出現在我面前時
我不但沒有責備他
還向他露出了
友好的微笑
出於禮貌

他也對我點頭哈腰
為了表示歉意
還在我的墓碑前
遞上一束鮮花

這首詩可說是悄悄的，試按了一下上帝的電鈴！

〔前言〕為什麼不邀名家師友寫序？

為什麼出書不邀名家師友寫序？

關於出書，我以前有兩個不算原則的原則。一是不主動找出版社印行，二是不請名家寫序。不主動找出版社，是因為對自己的文章不很在乎，能不能流傳，沒那麼要緊，不可拖累了生存已經不易的社方。不邀名家寫序，是對自己文章太過在乎，敝帚自珍，自以為是，賣瓜還要親自上陣自誇，這樣才夠到位過癮。

寫文章當然是有感而發，發表後但求有知音共賞，若偶能得到一二知己，於願已足，不敢也不曾有其他奢望。文章從未暢銷過的我，還沒成為人氣作家，便已完全過氣。當然不便也不忍主動尋找出版，四處陷害人家賠錢。

至於出書，有如自己生子，哺育打罵，教訓鍛鍊，妍媸得失，寸心最知，何勞他人品評？況且，恭請名家寫序，常有攀附高枝，自抬身價之嫌；隆重刊諸卷首，易招黨同伐異，相互吹捧之譏。

往深一層想，千呼萬喚求來之序，若無精闢頌揚之詞，只是閒話敷衍了事，似有若無，非關痛癢，又何必多此一舉；不過萬一，來了一篇直言不諱的諍言，遍指書中缺失，還要勉強採用，冠於文章之前，豈非搬磚砸腳，弄巧反拙，尷尬了自家自尊事小，攪壞了讀者胃口事大，尤有甚者，進一步傷了出版者的生意，那就愚不可及，罪無可赦了。

因此，過去多年來，我雖然出過五十幾本詩文書畫論集，卻從未煩擾師友前輩名家鉅公朋友同輩為我美言作序。

不過，人在江湖，身不由己，我雖不倩人寫序，但約我寫序的邀請，卻因為各種理由，不時出現，無法推辭。其中，最理想的，當是對方萬分誠心來求，我也欣然願意出力，雙方一拍即合，寫來暢快淋漓，有如了卻宿願，當得上一個爽字。還有一種是長輩名家責成，或平輩晚輩力邀，而我也確實有頌可讚，不吐不快，間或若有微詞，也可含蓄附筆，曲折點出，瑕不掩瑜，皆大歡喜。

最苦的序，就是實在無話可說，卻又偏偏被逼至牆角，不得不寫的那種。有話可說的序，有如大衣正式的鈕釦，寫得好，一顆釦子，便可把全書扣緊；無話可說的序，有如大衣左邊多出的裝飾鈕釦，可有可無，顆粒不限，醒目就好。

遇到寫苦序時，上述辦法，全然無用，只好效法貫華堂古本《水滸傳》中施耐庵自序的手段，也就是用「人生三十而未娶，不應更娶；四十而未仕，不應更仕」那種天外橫空飛筆，或仿周作人式的無厘頭閒話岔筆，總之，讓序與所序之書，不甚相干，任由讀者去天馬聯想或對牛玄思；要不然，就引用或翻譯一些與該書類似但卻高明多多的例子，使自己多少過上一回賞析妙文的乾癮，讓讀者在序中加減值回一點票價。

近年來，歲月漸長，病痛糾纏，起伏嘗遍，滄桑浸透，飽受師長傷逝之痛，眼見朋輩凋零之苦，更兼哀嘆學生早夭之憾。這才發現，人生相聚多麼不易，永別忽然無常驟然，昔日等閒片紙隻字，今天全成珍寶拱璧，睹物思人，今古感慨倍增，吟誦遺篇，彷彿起死回生。

以前讀《蔡寬夫詩話》講到中唐大詩人白居易（772-846）與晚唐大詩人李商隱（812-858）云：「白樂天晚極喜李義山詩文，嘗謂我死得為爾子足矣。」每次想到這則至性至情的故事，心中便有無限激動。白老比「小李」大四十歲，義山年方弱冠之時，享壽七十四歲的樂天，已是年逾花甲的文壇祭酒。宋人所謂的「白俗」代表，居然會對詩風大相逕庭的「西崑」始祖如此傾心，甚至渴望轉世給這後生小子做兒子，繼續詩酒前緣，真是平生「快意之事莫若友，快友之快莫若談」了。而玉谿生也終不負香山老人的慧眼，後來真成了影響直追盛唐李、杜的大家。

由此可見，一代詩文藝術的發展，必須由一代人相互「嚶鳴求友」，彼此才情激盪，方能於因緣際會之中，產生價爭出奇之篇，大家一起鼓動，風潮才能激湧，鶴立此起彼落，競鳴時得好音，合唱穿越時空，自然成就美學不斷翻新之壯闊。這是僻處一隅，獨學無友，偏視偏聽，鄙陋寡聞，意必固我者，完全無從規模夢見的。

現在想想，我還真是幸運，遇到了一個中國六千年不遇的「全球戰後成長」大趨勢，以及隨之而來的「全球化」新世紀，先是躬逢臺灣「人才紅利」時代，後是親歷大陸「改革開放」時代，讓我從髫齡之時，便有緣隨古閩女史溫碧英至寒玉堂觀畫一年，得見前清遺老舊王孫之風采，又能於壯年中年，及時遍遊神州名山大川，會晤南北各方才俊。惜太老師西山逸士，在我拜師後旋即仙逝，無緣進階執卷請益；而大陸地域廣邈，交通不易，名宿分散四方，相聚難得，時光荏苒，驟忽倏忽，至今也已凋零過半。

臺灣雖然不大，但卻人文薈萃又集中，行旅約會十分方便，我有前世宿因，接連得緣結識「五四」前輩、當世巨匠如余承堯、凌叔華、臺靜農、梁實秋、李漁叔、王季遷、張佛千、任博悟、紀弦、陳庭詩、王方宇、周策縱、吳納孫、張秀亞、林海音、孔德成、周夢蝶、夏志清、陳其寬、高陽、席德進、羅門、楚戈……等，他們都成了提攜獎掖我不遺餘力的長輩師友，有幸過從相處多時，於忘年「繡談通闊」之際，常有「凌雲蔽日」之想，「日居月諸，胡迭而微？」歲月飛逝，竟然沒有經常詩文唱和，序跋來往，讓大家的文章，能在一本書中朝夕團聚，常相左右，實在可惜萬分。現在列位先生皆已作古，搥胸悔之已晚，只有頓足抱憾終身。

例如梁實秋先生，在我進入畫壇之前，便多次主動題跋吟詠我的少作，拙筆首次臺北畫展時，更是主動在《聯合報．副刊》撰文發表鼓勵。可惜年少又頑冥不靈的我，居然因為一念之差，事前沒有特別邀約，事後又沒有把宏文收入書畫集內，實在有愧前輩抬愛栽培之心。而秋翁大度海量，完全不以為忤，顏色如初，贈詩贈書，又屢賜墨寶，甚至還親自替我的新居勘查風水，毫無一絲芥蒂之心。午夜夢迴，其胸懷風骨，文章筆墨，當永遠垂範來世，嘉惠後學小子，永遠受人景仰。

我第二次展畫於春之藝廊，席德進與楚戈多次蒞臨，反覆觀看。席德進考慮再三，最後邀我參加他主辦的「現代國畫試探展」，並為文推薦；而楚戈則在報上發表文章，大方謬獎我為「新文人畫的起點」。這些，我也都未在後來出版的畫集上刊印，辜負了他們的一片提攜之心，於今思之，又是自責連連。

出書，若與以上名家師友有如此諸多難得機緣相知，為什麼不邀他們寫序！

卷一 天真直率詩無敵

紀弦

天真直率詩無敵

——懷大詩人紀弦

大詩人紀弦（1913-2013）過世了，享壽一〇一歲，應該是中外詩史上，最長壽的詩人，這是全體中國詩人的大事，應該有一篇大文章，為他蓋棺送行。

敵友多半無緣寫悼文

最有資格寫這篇文章的，當是新詩界的局內人，例如他的學生、朋友或敵人。他的學生中有天才，有庸才，也有蠢材，有真學生，也有冒充的。他的朋友中，有真情的，有假意的，也有當面捧場，背面下刀的。他的敵人中，有一種是「理念敵人」，對紀弦詩藝詩學的弱點，瞭若指掌，不時拚命厲聲指責，對其優點，卻也心知肚明，常常暗中自嘆弗如。

另一種，是「忌恨敵人」，這類人，多半是對詩一知半解的「廢材」，到處打著愛詩的幌子，其實只是好名若命，而下筆卻總是囉嗦愚蠢，畫虎類犬，困頓哀怨，無計可施，遂興起忌妒大詩人的歪念。這樣的角色，雖說是連妒恨都恨不到重點的三腳貓，但狠毒起來，卻也十分勇於無中生有，多所發明，於是造謠、誣告、政治陷害，無所不用其極，讓人看了可氣又可笑。把事情亂攪一團後，他反倒無事人般，在旁邊吹著口哨，擺出一副青年作家導師的架式，裝無奈，看熱鬧。

由這些人來寫以前沒敢寫的「紀念文章」，虛虛實實，機關處處，內幕八卦，恩怨情仇，有如一場盛宴，最有讓人大快朵頤的娛樂價值，錯過可惜，然這樣的作品，惜不多見。可見，人活過百歲，也是一樁意想不到的優勢，常讓提早離席的敵友，都無機可乘，無話可說，無計可施。

新詩界的局外人，要寫紀弦，不免隔靴搔癢，講不到重點。像小說家張愛玲那樣，多年前，偶爾陰錯陽差的對紀弦早期詩作，寫下這樣並不十分到位的讚語：「路易士（紀弦）最好的句子全是一樣的潔淨、淒清，用色吝惜，有如墨竹。眼界小，然而沒有時間性、地方性，所以是世界的、永久的。」「路易士」在「張看」之下，雖然覺得作品還行，但愛玲張就是愛玲張，臧否人物時，不改尖刻本色，總要挑一點毛病才算完事，於是忍不住加上一句胡蘭成式的狡獪：「就連這人一切幼稚惡劣的做作，也應當被容忍了」。（見〈詩與胡說〉，一九四四年八月號《雜誌》月刊）

所謂的「幼稚惡劣的做作」，大約是指紀弦在公眾場合朗誦詩時的「人來瘋」吧！從另一個角度看來，這不正是一般詩人常有的「頑童率真氣」，哪裡是老氣橫秋工於心計的小說家，所能夢見。

童心無忌常愛人來瘋

認識紀弦，是瘂弦介紹的。當時，初涉文壇的我，有一股衝動，幾乎要把筆名改成「羅弦」。後來羅門、羅馬（商禽）、羅行，尤其是楚戈，極力反對，才打消了這個念頭。多年之後，我把這事告訴了紀老，當然，他也反對。

那是一九六九年的初夏，馬上就要大學畢業的我，剛開始在《幼獅文藝》等報刊雜誌上，發表譯詩及創作，〈吃西瓜的六種方法〉一詩，也即將登場。當時詩壇，是「現代詩社」、「藍星詩社」、「創世紀詩社」與「笠詩社」四分天下的時代，大家壁壘分明，少有來往。瘂弦見狀，有意實現紀弦主張的「大植物園主義」，並讓「現代詩」由「橫的移植」，轉向「認祖歸宗」，特別以「創世紀詩社」詩人為班底，聯合已停刊的「南北笛」詩社及其他各大詩社的詩人，組織一個新的詩團體，取名「詩宗社」，以便吸收年輕新銳詩人加入，壯大隊伍。

「詩宗社」成立及聚會的地方，多半選在武昌街的明星西餐店，或中華路國軍文藝活動中心。這些地方，在當時，是詩人的天堂也是戰場，大家聚在一起，彼此都是「詩的行家與鬥士」，各有各的理論與偏見，拍桌推椅，吵得不亦樂乎，但聞大砲之聲，隆隆不絕於耳，此起彼落，時見雅座變成了散兵坑，有時一坑扭打，一坑歡笑，有時一坑砲灰。

我就是在這樣的場合，與紀老相識的。當時人多熱鬧，沒講上幾句話，就被打岔分散。才一轉身，就看到他站上了椅子，高聲叫大家安靜，說時遲那時快，只見他縱身一躍，「人來瘋」式的跳上桌子，高聲朗誦起〈狼之獨步〉來。他那種把整個生命都豁出去的表演，給我這個從來沒見識過新詩可以這樣朗誦的菜鳥，一次經典性的示範，印象深刻，終生難忘。

用急快的速度，紀老先唸出「我乃曠野裡獨來獨往的一匹」，停頓半秒鐘，然後再以無比高亢的音調，蒼涼的嘶喊出長長的「狼」字，戲劇效果十足，震撼全場。接下來，他以疲憊蒼老的聲音，緩慢的咬讀下面的字句：

不是先知，沒有半個字的嘆息。
而恒以數聲淒厲已極之長嗥，
搖撼彼空無一物之天地，
使天地戰慄如同發了瘧疾；
並颳起涼風颯颯的，颯颯颯颯的：

當他唸到「颯颯」時，速度由慢增快，聲音壓扁，野性全出，感染全場。最後，詩人回歸平靜，大聲唸道：「這」，微微一頓，「就是一種過癮！」，聲音斬絕，贏得滿堂掌聲。

紀老誦詩，我還見識過幾首，如〈六與七〉、〈脫襪吟〉以及〈在地球上散步〉，無不引人入勝，渾然天成，達到詩、人合一的境界，其他詩人唸詩，少有能望其項背者。就連擅長朗誦的瘂弦，也不例外。瘂弦是學戲劇表演的，唸起詩來，固然是當行本色，無懈可擊，但以率性與感染力而言，紀老的表演，仍然是詩壇獨步，罕人能敵。

違章建築老少試詩才

初次與紀老見面，在我是仰望已久印象深刻，在他則必定是人多事雜過眼即忘。不久，我忙著當兵、謀職、戀愛、留學，大家一直沒有機緣再見。直到一九七四年「詩人節」，他與我，同時獲得詩人吳望堯出資創設的「第一屆中國現代詩獎」，他得的是「特別獎」，我得的是「創作獎」，兩個人的名字，才再度碰到一起。可惜，大會請葉公超先生頒獎時，我人在國外，由家父代為領獎，獎牌巨大，由純金打造，光燦奪目，可謂空前。而唯一的一張得獎人、頒獎人與評委的合照，我沒能在場。

那年秋天，我自美環遊世界一圈歸來，趕赴輔仁大學秋季開學，我一面忙著備課教書，一面準備結婚，一時之間，也沒有多少時間與詩壇諸友連絡。寒假過後，一到學校，就接到紀老寄來的明信片，內容大略是說，我已回國多時，為何不見聯絡？又說無論如何，我們這一對老少得獎人，總該見上一面。我連忙回信道歉，並約定了登門拜候的日期與時間。

那是一九七五年的「三八婦女節」，因為當天放假，是我們兩個教書匠，公私兩便的日子。紀老的家在濟南路二段四號，提著一籃水果，準時赴約的我，老遠就看見他身穿紅格子長睡袍，在料峭的春風中，含著菸斗，依靠四樓公寓的門柱，張望而立，讓我暗道一聲慚愧，幸好沒有遲到。

「羅青兄啊！終於見面了。」他給了我一個大大的擁抱。然後便開始熱心介紹四周環境，首先是他的小園籬及籬中小花圃。最後進入眼簾的，是門前的那棵高聳的尤加利樹，翠綠挺直，亭亭如蓋，這是除椰子樹外，紀老的第二象徵，樹蔭正好懷抱了我們。

上樓入室，小坐未定，他又引我出來，弄得我一肚子疑惑，又不便質問。他開始介紹在通往樓頂陽臺樓梯間，所安置的小書房，「家裡實在太擠，我的書房，只好安排在這裡，可以更接近天堂些！」他爽朗的笑著解釋，在不見天日的樓梯間裡。

日後，我在「路門五傑」之一紀老大弟子楊允達的文章中，豁然解惑：

吾師紀弦是漢代大儒路溫叔之後，書香世家。他避難臺灣時期，一直在成功中學教書，憑藉微薄的薪俸，養活他的母親，妻子、四個兒子和一個女兒，全家八口，還有一隻貓，住在臺北濟南路成功中學大雜院式的教職員宿舍，真是擁擠不堪。六十年前，成功中學宿舍建造簡陋，他分的一房一廳，面積約十二坪，紀弦師和師母、珊珊，以及太師母，四個人加一隻貓，擠在一處；他的四個兒子……，另在一處大統艙式的木造屋內，睡上下鋪，艱苦備嘗。（見《文訊》雜誌三三五期，頁五十九）

現在想想，當時能受邀入室一坐，已屬不易，若要久留，一定會為他全家人帶來諸多不便。

介紹完書房，他立刻轉身推門，一步跨入陽光燦爛的陽臺，指著泥灰水塔旁搭建的小木樓閣，「看看！這是我的『違章建築』，經過校長特許，而警察也不再來干涉的。這，這才是我們可以痛快聊天的地方！」他得意的提高聲音。只見種在閣樓四周的各色紅白玫瑰花，全都在風中點頭同意。

走進閣樓，迎面掛在窗邊牆上的，是他那幅有名的油畫「自畫像」，就是印在《紀弦論現代詩》封面的那一張，野獸派的造形，嘴咬無煙黑菸斗，斜眼冷視人間世，筆意深刻而尖銳，妙傳青年時代紀弦的神韻。另一面牆較大，掛著一幅風景油畫與一張素描自畫像，也是個性突出，佳妙無比。

進了樓閣，他關上門，請我坐定，鬆了一口氣說：「你看，不錯吧？」。我環顧周遭，但覺窗明几淨，一塵不染，與剛才的陰暗雜亂，真有天壤之別。閣名「覃思」，為將軍詩人金軍（1910-2001）所書，筆走趙撝叔體，墨飽神足，神采飛揚，乍看還以為這是紀念「臺灣現代詩三老」之一覃子豪（1912-1963）的精舍；細細尋思，方才若有所悟，紀老此處一語雙關，充分的表現了他對這位詩壇老友兼宿敵的寬容與懷念。

見我對書畫的興趣如此濃厚，畢業於蘇州美專的他，便順理成章的大聲宣布：「這就是我退休後的畫室，你要常來，我們一起畫！」接著，他得意的指向那張素描自畫像說：「這是我二十六歲在香港畫的，用的是硬鉛筆、菸斗灰，還有我的口水。怎麼樣？絕妙獨門吧？這是我的不傳之祕，現在傳授給你，好用得很吶。」

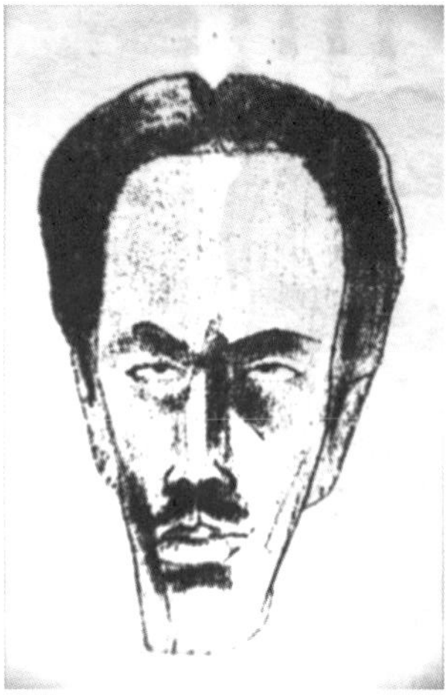

▲一九三九年紀弦二十六歲素描自畫像。

▼紀弦嘴咬菸斗自畫像。

◀一九七四年第一屆中國現代詩獎獎牌。

▼得獎人、頒獎人與評審委員合影。前排由右至左：紀弦及其孫女、葉公超、羅青父親羅家猷代領、羊令野；後排由右至左：辛鬱、余光中、白萩、商禽、洛夫、蓉子、羅門、瘂弦、張默、林亨泰。

多年後，他在來信中，仍然表示重拾畫筆的深切願望：「謝謝你附寄了兩份書畫展的請柬，我看得好過癮。你寫得那些字，其實也就是畫。可惜我已擱下畫筆多年。如果時光可以倒流，我多願意和你再一起，在一個畫室裡工作！」（1997）

說著說著一轉身，他敲敲散置窗前木桌上的各種菸斗，隔著玻璃，開始殷勤形容外面盆栽的各種玫瑰，如介紹膝下的驕兒掌珠，手舞足蹈，興高采烈。我則注意到門內貼著兩張告示：一是「請輕聲走動，以免驚動他人。」大有太白：「不敢高聲語，恐驚『地』上人」的味道；另一則是一大張精工繪製的「玫瑰花養護表」，可見主人護花之情，絕不下於寫詩之心。門上所謂的「他人」，當然也包括那些玫瑰。

話匣子一打開，我們老少二人，不免口沫橫飛，放言高論，評說古今詩藝，月旦現代詩壇，忘了時間。說至興起處，大概是口渴了，他忽然起身說：「我親手為你調製了一杯檸檬汁，差一點忘了，待我下樓取來……噯，我現在不得不戒酒了。」上來時，除了檸檬汁，他還帶來了與他一起號稱「四大飲者」的酒徒詩人羅行地址。「現代詩復刊號，正準備出版，沒有你的詩可不行，一定要寫呀，趕快寄去。」

唸著唸著他拿出一大包詩集，鄭重交付給我，「這是我手頭所有的作品，全部奉上，做個紀念。你看，這是我花了一早上擬出來的書單，應該通通都在裡面了，而缺的兩本，也列在後面，供你參考。」我打開一看，發現每一本都慎重的題了上款，簽名蓋章，並一絲不苟的押了年月，成了我日後寫論文〈俳諧論紀弦〉的第一手資料。

他抬眼看了看，釘在牆上的課表及寫詩日課表，詳細訴說了他每日的生活習慣，並領我到閣樓後方，趁著夕陽最後一線微光，充滿深情的，拜訪了他細心調養的四五對十姊妹。然後，送我下樓。

站在大門口做別時，路燈已經亮起，互道再見之後，他小聲喃喃自語道：「應該一起吃個飯的，可是我身上沒錢，還要上去向太太要，唉……」

不久之後，我讀到他的《小園小品》，其中有一段是這樣寫的：

韓國詩人許世旭（我的所有外國朋友中最重要的一個），欣然來訪，略談數語，便及於酒。我的瓶子已空，而意無窮。同時，我已囊空如洗，無法招待客人。怎麼辦呢？哦，有了。我送他走。一走就走到馬路轉角處和我稔熟了的那家小商店，和老闆娘打了個招呼，要了瓶小高粱，請她記一筆帳，便找到一個熟悉的麵攤，坐將下來。於是，要了些佐酒的菜肴，二人開始對飲。我早就問過他，有沒有錢。他說，還帶著幾十塊。所以我放了心。賒酒、賒菸，我是辦得到的。但是麵攤上的交易，我一向是現金，今天晚上，也不可以例外，免得麵攤老闆瞧我不起。

人生參商僅有一面緣

迎著路燈，我向轉彎處的麵攤走去，留下長長的身影，沒有回頭。心裡回味著，他臨下樓時，在樓梯間書房小桌上寫給我的臨別贈言：

無所爭，無所求，亦無所動。古人曰：「無欲則剛。」惟剛者可以到達寧靜。而寧靜，是即充實。既不等於涅槃，亦非虛無之類。充實之謂美。

現在看來，紀老長壽，不是沒有理論基礎的。

在麵香撲鼻的剎那，我迅速轉頭回望，看到的只有那棵瘦高的尤加利樹，在暗夜星空中，自在隨風搖曳，心中莫名其妙得浮起了杜工部「人生不相見，動如參與商」的句子。

這是我第一次拜訪紀弦，也是最後一次。當時，大家都沒有預料到，他會在一年後，離臺赴美，一去三十七年，再也沒有機會重逢。

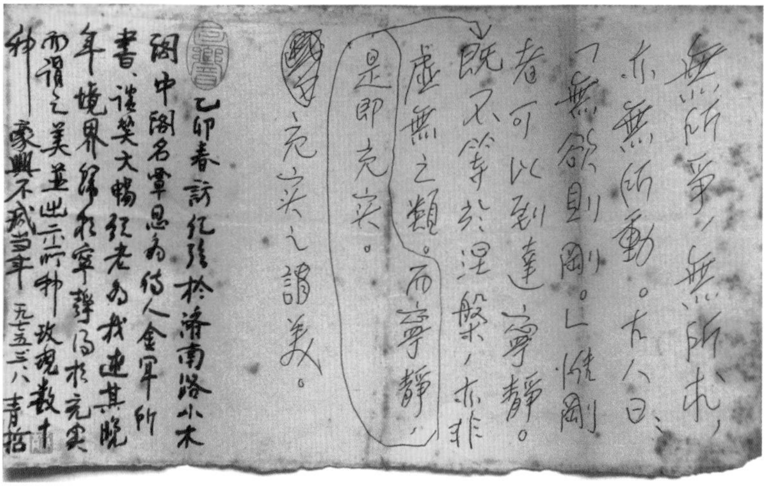

▲一九七五年紀弦贈羅青「自勉文」。

後記

一九八六年，「臺灣現代詩三老」之一的鐘鼎文先生（1914-2012），轉來一信：

鼎文兄：

十二分的感謝！你為我弟路邁，寫了一份證明書，相信他去戶政事務所聲請更正，應無問題了。

我的新書詩集《晚景》，已由「爾雅」出版，我簽了名，送給你及其他朋友的一大批書，皆已寄給羅行，叫他轉交。等他把書交給你時，寫點東西，替我講幾句好話是有必要的。

又，我弟路邁來信，說他去拜訪你時，正好遇見了羅青也在你那裡。我十分想念他，要和他通信，但沒有他的地址。下回你來信，請告知，或者，你打個電話給他，告知他我的地址，叫他來信也好。祝福你們全家新春快樂！

弟紀弦頓首一九八六年一月二十三日

我立刻去信連絡，得到回信如下：

青哲兄：

此人（比利時詩人拙根布魯特）去年來信，說明你是他的朋友，並要我再多寄一些已經譯成英文的作品給他。但我因一時沒注意，把此信收入一個不常打開的抽屜，就忘記了這件事。今天整理抽屜，看見此信，立即影印一份，寄給你看看。我打算寫一信給他，並寄幾首已譯成英文的短詩給他。請你來信，說明一下：此人是如何認識你的？是個男生還是女生？如何稱呼？又，他是否比利時人？是否住在白魯塞爾？倘若我去歐洲旅行，有一天，我要去拜訪他或許。

再見，祝福！

弟紀弦

一九八六年七月九日

此後，我們又斷斷續續的通過幾封信，擇其要者，錄下供有心人參考：

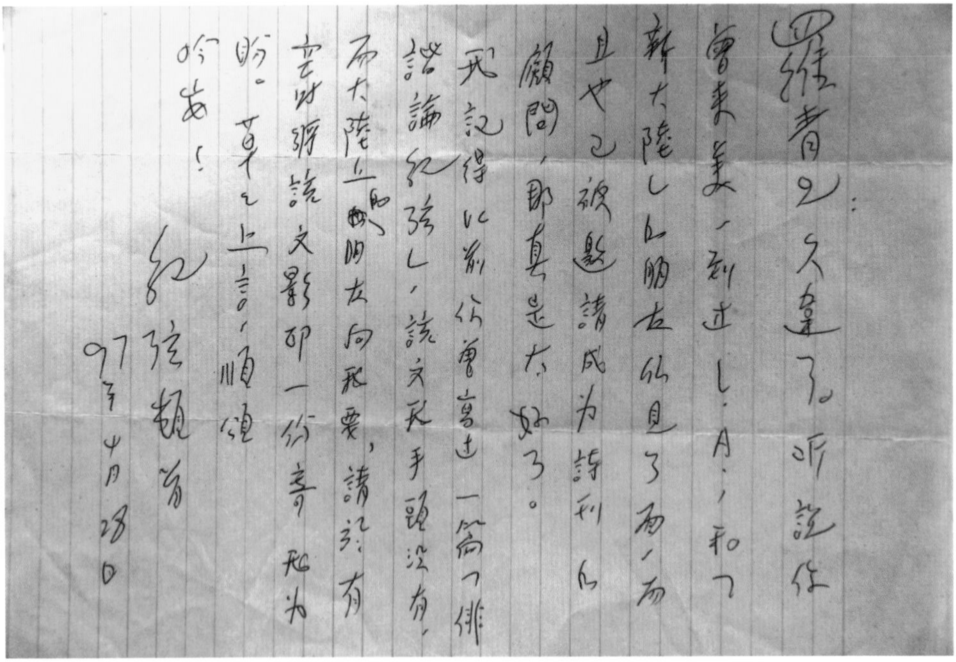

▲一九九七年紀弦致羅青手札

羅青兄：

久違了。聽說你曾來美，到過L.A.，和「新大陸」的朋友們見了面。而且，也已被邀請成為詩刊的顧問，那真是太好了。我記得以前你曾寫過一篇「俳諧論紀弦」，該文我手頭沒有，而大陸上的朋友，向我要。請於有空時，將該文影印一份，寄我為盼。草草上言，順頌

吟安！

紀弦頓首九十七年四月二十八日

羅青兄：

（一）很高興收到你寄來的大作〈俳諧幽默論紀弦〉一文，我把它影印了一份，寄到大陸去，給一個準備寫《紀弦評傳》的朋友做參考。

（二）謝謝你附寄了兩份書畫展的請柬，我看得好過癮。你寫的那些字，其實也就是畫。可惜我已擱下畫筆多年。如果時光可以倒流，我多願意和你再一起，在一個畫室裡工作！

罗青兄：(一)很高興
收到你寄來的大作〈俳
諧幽默論紅弦〉一文，我
把之影印了一份寄到大
陸去，給一個準備寫〈
紅弦評傳〉的朋友做參
考。(二)謝謝你附寄了兩份
書畫展的請柬，我看得好
过癮。你寫的那些字，甚
至也就是畫。可惜我之擱
下畫筆多年。如果时光可以倒
流，我多願意和你在一起
，在一个畫室裏工作!! ←口

(三)別忘了，下回如再來美，
早點通知我，我就可以事
前約定各位詩友和你相
會，大家喝一杯。好了，今
天不多說了。祝吟安！
藝安！

弟 紅弦頓首
1997年6月1日
寄自半島

又(注)：又我的電話有兩个：
(宅)[redacted]—我女兒家
(宅)[redacted]—我和老伴住的老人公寓

（三）別忘了，下回如再來美，早點通知我，我就可以事前約定各位詩友，和你相會，大家喝一杯。好了，今天不多談了。祝吟安！

藝安！

弟紀弦頓首一九九七年六月一日寄自半島

又及：我的電話有兩個

（415）×××××××我女兒家

（415）×××××××我和老伴住的老人公寓

——原載於《明報月刊》五七五期，二〇一三年十一月

【附錄】

《明報月刊・批評與回應欄》（五七九期，二〇一四年三月）

編輯先生雅鑑：

讀罷貴刊郭楓（1930-）前輩以與紀弦雷同的「自我文學觀」嘲諷紀弦的弔念文章〈詩活動家紀弦的臺灣獨步〉，痛罵他「慣於迎合世俗，攀附富貴，貪戀舞臺燈光，迷醉於俗眾的鼓掌喝彩。」（《明報月刊》五七五期二〇一三年十一月）不知情的一般讀者，尤其是香港讀者，不免錯愕不解。我對郭氏這種生前不敢公開挑戰批評，死後無據造謠亂打一耙的鼠輩行徑，實在不齒。

臺灣讀者，若見此文，則定會感到「娛樂性」十足，噴飯絕倒，可惜郭先生這種綜論新詩的「捧腹」大文，在臺灣島內無由得見。盼貴刊今後多多向他邀約這方面的稿件，以娛臺灣讀者。

我同期發表紀念紀弦的文章中，因篇幅關係，有幾段遭刪除的敘述，或可為郭文做一註腳：

最有資格寫紀念文的，當是新詩界的局內人，例如他的學生、朋友或敵人。（引文中略）可見，人活過百歲，也是一樁意想不到的優勢，常讓提早離席的敵友，都無機可乘，無話可說，無計可施。

紀弦先生在臺時，生活十分清苦，毫無以詩文謀高官厚祿的本領，自費出版的詩集詩刊銷路不佳，以致絕版停刊。我有實錄可證：

上樓入室，小坐未定，他又引我出來，弄得我一肚子疑惑，又不便質問。（引文中略）他爽朗的笑著解釋，在不見天日的樓梯間裡。

日後，我在「路門五傑」之一紀老大弟子楊允達的文章中，豁然解開當時之惑。（引文略）現在想想，當時能受邀入室一坐，已屬不易，若要久留，一定會為他全家人帶來諸多不便。

紀弦退休後，匆匆離臺，能夠在美安享晚年，也是一種合情合理的選擇。至於有關紀弦在新詩史上的功過得失，厚達四百餘頁的《臺灣現當代作家研究資料彙編：紀弦卷》（臺南：國立臺灣文學館，二〇一二），已有扎實的確論，值得參考。

順頌編安

羅青拜上二〇一三年十一月十五日

詩之轟炸

——俳諧憶紀弦（1913-2013）

紀弦又瘦又高的個子
翹著兩撇小仁丹鬍子

揮一揮手杖
在地球上敲歪了一條孤獨憂鬱又悲劇的巷子
吸一吸菸斗
在太空中吐出了一尾有三隻巨大乳房的妹子

吸著說著

就站上了椅子
揮著喊著
就跳上了桌子
一頭頂住圓形天花板
聲音陽剛火紅又發閃
姿勢儼然君臨天下
手勢當然囂張誇大
一顆顆翻掌投下
重磅詩現代彈炸
在散彈坑充滿
的明星咖啡小館

嚇得在座的高射砲們
無比驚慌
一時都目瞪口呆
彈殼卡膛
不得不靜靜默默
領受一場
遍地爆破的開花奇觀
無人能擋
這——就是一種過癮！
敬請品嚐

——原載《聯合報・副刊》二〇一三年八月六日

狼之獨步

——焚詩悼紀弦

一隻灰狼
在雪白的白雪地裡
意外遭深黑的捕獸夾
卡住右腳

他立刻低下頭
用力撕咬
咬斷了自己的腳掌
連皮帶骨

拋下捕獸夾
頭也不回
朝茫茫風雪深處
獨自血紅的走去

註：

紀弦　民國二年（1913）出生於揚州
民國二十二年（1933）畢業於蘇州美專
民國三十七年（1948）三十六歲時由大陸遷居臺北二十八年
民國六十五年（1976）旅美僑寓舊金山三十五年
民國一〇二年（1913）因病辭世，享壽一百零一歲

——原載《中國時報．人間》二〇一三年七月二十五日

揮手送紀弦遠行

——輓紀弦

（癸巳年　朱文印：「幽浮」送紀弦遠行）
菸斗夢木星美人無意
手杖敲行星地球有心
（羅青　朱白相間印：「羅青」揮手）

註：
　北美華文作家協會網站，電郵邀我為〈詩人紀弦紀念專輯〉製一輓聯，於二〇一三年八月十日發布。

▲灑金箋對聯立軸（137 × 34.5 cm × 2）

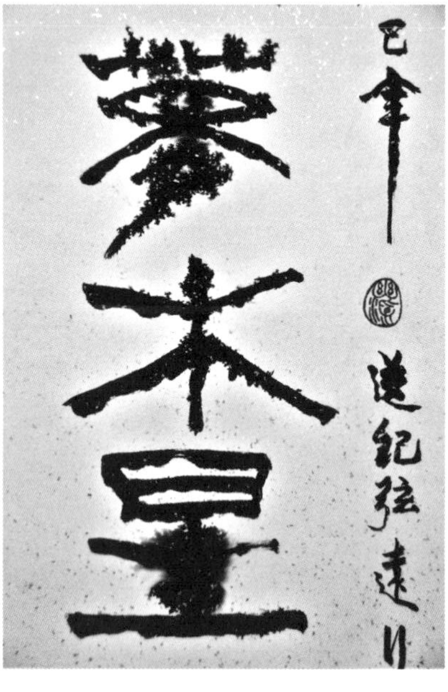

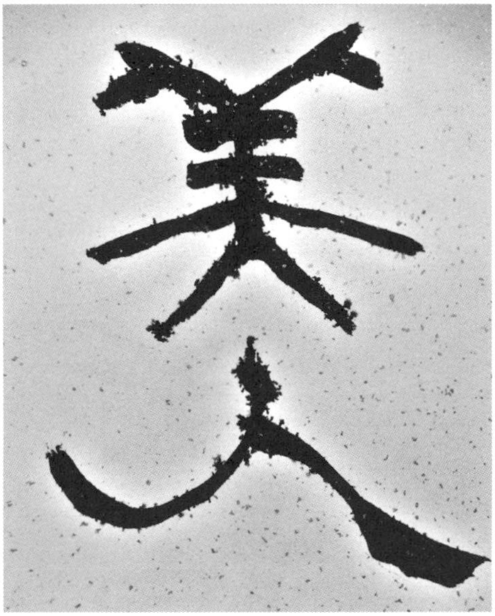
美人

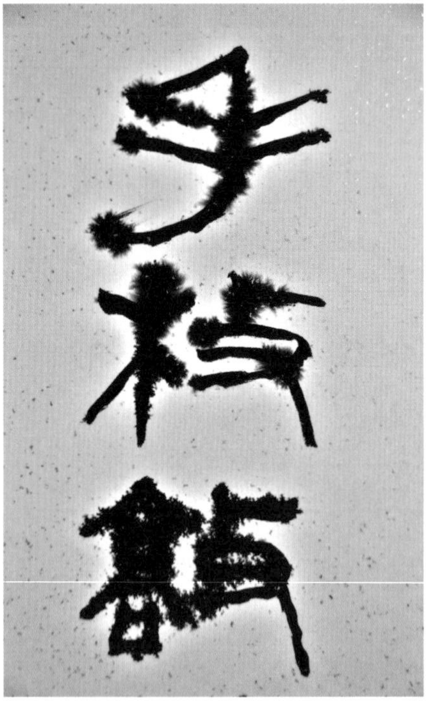

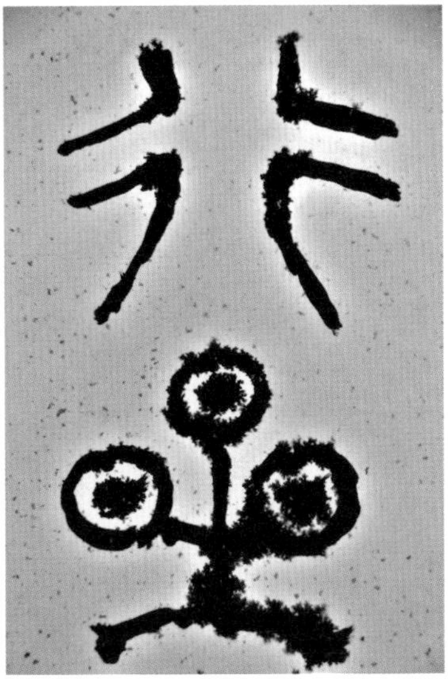

羅青

卷二 只許一人知

只許一人知

——博聞強記妙捷才：懷周策縱先生

楔子：書成只許一人知

湖南祁陽周策縱先生（1916-2007），博聞強記，多藝多才，學貫中西，著作等身，任職中外上庠，桃李遍布天下，教研之餘，嗜吾詩、書、畫，每次訪臺，必至敦化南路「水墨齋」寒舍，索觀新作，暢談詩學。

丁丑秋深，週末午後，先生於臺北參加國際學術會議之隙，翩然蒞臨寒齋，品茗小坐，談文論藝。吾適有對聯新裱，以冬心體書擔當和尚贈徐霞客語：「何必天下識，只許一人知」，遂張掛素壁，謹求雅教。

何必天下識
只許一人知

先生凝視良久，未發一言。吾備茶點畢，正待移席請益。先生突然伸手一指，疑問道：「怎麼『一』字右邊，多了一點汙墨。或是裝池之失？」

吾大驚懊惱，言此聯日昨夜匆匆取回，未及細審，當初送裱時，並無髒汙。當是裱畫師傅，濕拓上板後，意外遭損，汙點當在紙面，吃墨必然不深，或可用刀片刮去。於是箭步上前，湊近細查，原來是大黑蚊一隻，叮在「一」字之上，宛如墨點。頓時破憂轉喜，身形一矮，暗舉雙掌上前，正擬喊打。

「住手，住手，不要打！」不料先生在身後大呼：「這正好證明，你的字，有血有肉。」

吾聞言順勢合掌，轉身笑道：「真是妙語天下，可入《世說新語》。」先生亦頷首大笑，端茶聞香，低首品茗。

詩畫論交總忘年

得識周先生，是在西雅圖華大比較文學系讀書時。

聽說湖南周策縱先生應邀來校演講，談他的鉅著《五四運動史》，我抱著拜見鄉賢的心情，事前熱心迎接，會中專心聽講，會後盡心發問，聚餐之時，先生得知我祖籍湘潭，更是殷殷垂詢，相談甚歡，遂得先生名片，以期日後重聚。

後來我自華大畢業，計畫在返臺任教之前，先遊歷美國，再環遊世界，冀得萬卷書萬里路之助。遊走北美時，特地繞道芝加哥，趕赴威斯康辛麥迪遜，拜見周先生，順道奉上先生命我畫的斗方小品。

原來那年在西雅圖時，先生提到他不久前，看到一頁梅清畫的黃山後海，用黃鶴山樵法而縱橫變化，極其引人，神為之往，卻無緣購藏。我遂自告奮勇說，臨摹元濟、瞿山，是我少年時期的舊業，遺神取貌，能得八九，日後當撿出一幅呈上，以博玄覽。

我到達麥迪遜那天，雖然已是六月，路邊還是積雪成堆，沒有融盡。先生時染微恙，入院調養，於是我只好在病榻前，披圖獻醜，先生見畫，大喜過望，強打起精神說：「你沒有去過黃山，居然可以畫得黃山清雅秀奇之態。看樣子，沒有登過黃山的我，也應該有詩一首，題你的畫。」

四十年過去了，其間，先生登過泰山，遊過雲南石林，上過麗江雪山，訪過張家界、九寨溝，就是無緣一探黃山，至於寫黃山的詩，也始終未見。而如今先生墓木已拱，逾六年矣！

少年捷才老愈健

前幾年，應邀初訪老家湘潭及齊白石紀念館，有機會遊歷建於北宋開寶九年（976）的長沙嶽麓書院，看到院門口掛的那對名聯：「惟楚有才，於斯為盛。」不禁想起諸多老友，詩畫家裡當然是楚戈，學問家裡就只有周先生。

周先生十四歲時，帶著被子、衣服及一箱書，從祁陽竹山灣，隻身赴大城衡陽考初中。第一次離家、第一次乘轎、第一次住店、第一次坐汽車、第一次報名考試，報了三所中學，放榜時一看，第一次得了三個第一。他選擇最好的湖南省立第五中學就讀，三年後，又以全校第一的成績畢業，學科術科均優，連體育成績也名列前茅。

周先生十三歲開始寫舊體詩，志在四方，出手不俗，有〈辭家〉二首為證：

天昏月黑大旗斜，曾共登樓聽暮笳；
有我與君在海內，論文說劍滿天涯。

針芒星小月如霜，攜劍辭家走大荒；
風雨亂離聊復爾，更無人諒步兵狂。

雖然是少年不知愁強說愁之作，但也多少預言了他的時代及今後一生的遭遇。初中三年之間，作品多產，大多都在上海大東書局出版的《學生文藝叢刊》發表。他畢業後發表的《暑假雜詩二十首》，筆意老辣，氣度不凡。茲選三首，可見一斑：

〈閱報有感〉

滄溟鯨浪正排空，月映刀環戰血紅；
底事沉機觀變幻，殘棋一局付諸公。

〈六月初十日諸友既散去，余與牧弟亦家居〉

千年龍戰玄黃血，一局天驚黑白棋；
小住蓬萊都不管，野塘風竹入新詩。

〈暇時集龔定庵詩句得十餘首〉

定庵詩句鐵錚鏦，瑰怪熊魂繞筆鋒；
我拾羽琌三尺劍，九天橫雨殪蛟龍。

讀書之餘，他喜歡與同學玩「貼詩」（詩句填空）遊戲，更喜歡集句，最喜集龔自珍詩，曾得二十餘首，詠《紅樓夢》人物，而他早期的詩，自然也染上了定庵濃厚的影子。製作集句詩的要件有二，一是要博聞強記，過目不忘，二是要才思敏捷，見識通透，缺一不可。現在網路發達，「博聞強記」已可偽裝，各種冷僻怪句，只消按鍵，一索即得。但沒有捷才與見識，依舊難以成篇。周先生耽於此道，近八十年，功力之深，當世師友之間，只有高陽先生，差堪比肩。一九九二年六月，先生聞高陽過世，徹夜難眠，清晨即起，作〈哭高陽〉痛弔，詩云：

盡夕傾談世已無，荒荒天地突成孤；
涉江欲採芝蘭奠，哭向人間覓酒徒。

可見二人在古典詩與《紅樓夢》上的相知相惜之情，不是我們後輩可以想像與彷彿的。

三年後，八十歲的周先生偕夫人訪臺，照例至寒齋觀賞書畫，對臺灣政經時局與大學杏壇怪象，亦略有所聞，歸後以蠅頭小楷抄寄我六首七絕，譏諷所見所聞，無不觀察入微，絲絲入扣。然細讀小標題「集嚴幾道（復）句」，方知，六首絕句，句句有來歷，想起那厚厚一疊嚴幾道全集，不禁驚出一身汗顏的熱汗。現將有關我的兩首，抄在下面共賞：

賤子與君誇健在，行藏圖裡見千詩；
而今學校多蛙蛤，慚負朱絃屬子期。[1]

幾度回船鬢已皤，霸才無主悔蹉跎；
平生獻玉常遭刖，壯不如人奈老何。[2]

---

1 在臺多承招待，至為銘感。「行藏圖裡見千詩」，用指在尊寓觀賞所作書畫，似尚切近。縱尤欣賞《平湖夕照》也。（青按：詩中「蛙蛤」一典，涉及師範大學，所諷內容，與升等、自殺有關，卑鄙猥瑣，齷齪可笑，需要另文詳述。）

2 哲青近有詩賀予八十。

《平湖夕照》是指我畫的《瀟湘八景圖之六：漁村夕照》。周先生對此畫，特別鍾情，大約畫面有點像他的老家竹山灣。二〇〇〇年，他來信，又提及此畫云：

哲青教授郢正：

時常想念你，盼近況清吉。總記起在你家，看你畫，特別喜歡那幅《平湖晚眺》（題目記不起來了），如有彩色印出，請寄我一份，以便隨時觀賞也。……

周先生常把我的名字「青哲」，唸成寫成「哲青」，並調侃的自我解嘲言：「很少有父母希望自己的兒子成哲學家的。還是『哲思常青』來得好。」《漁村夕照》一圖，後來得緣，印成了海報，我曾寄上了數份，不料當年先生就謝世了，希望他有機會再看一眼自己喜歡的畫。

以上所引書札詩箋，都是用小筆蠅頭工楷寫成。先生晚年喜為精工小楷，想與文徵明看齊，八十以後，更是一絲不苟，刻意求工，令人歎服。先生於書，亦擅行草，然與小楷相較，還是後者莊嚴肅穆又親切可人。

少年白髮的周先生，年輕時就顯得老成，五十歲以後，到八十歲，總是維持修長的體型，外貌幾無變化。我小時因傷寒大病一場，病後得了少年白的毛病，不料留學美國數年，居然白髮自然漸漸轉黑，可見水土的作用之大。先生聞之，十分詫異，笑說：我旅美數十年，白髮依舊，可見水土的作用，因人而異。

幼時，常常聽到或讀到某某古人，孩提時，就能過目成誦，私心欽羨像萬斯同那樣的神童英才，不知何時，方能親見。後來遇到高陽公與周先生，才知道，除了夙慧天授之外，鐵杵繡針之功，也是不可免的。高、周二公，身懷大才，又能識才、惜才，不吝褒揚後進，提攜青年，與那些假充天才的小器庸才，不可同日而語。

策公先生一九四二年於中央政治大學行政系畢業後，曾任職重慶市政府，先後主編《新批評》等刊物多種。對日抗戰勝利時，轉任國民政府主席侍從室為編審祕書，與陳布雷、陶希聖、徐復觀共事一室。臺灣二二八事件後，蔣中正發表《告臺灣同胞書》乃先生執筆之作。一九四八年先生抵臺工作，未及一年，便辭職赴美國留學，潛心於五四運動史之研究，獲美國密西根大學博士學位。

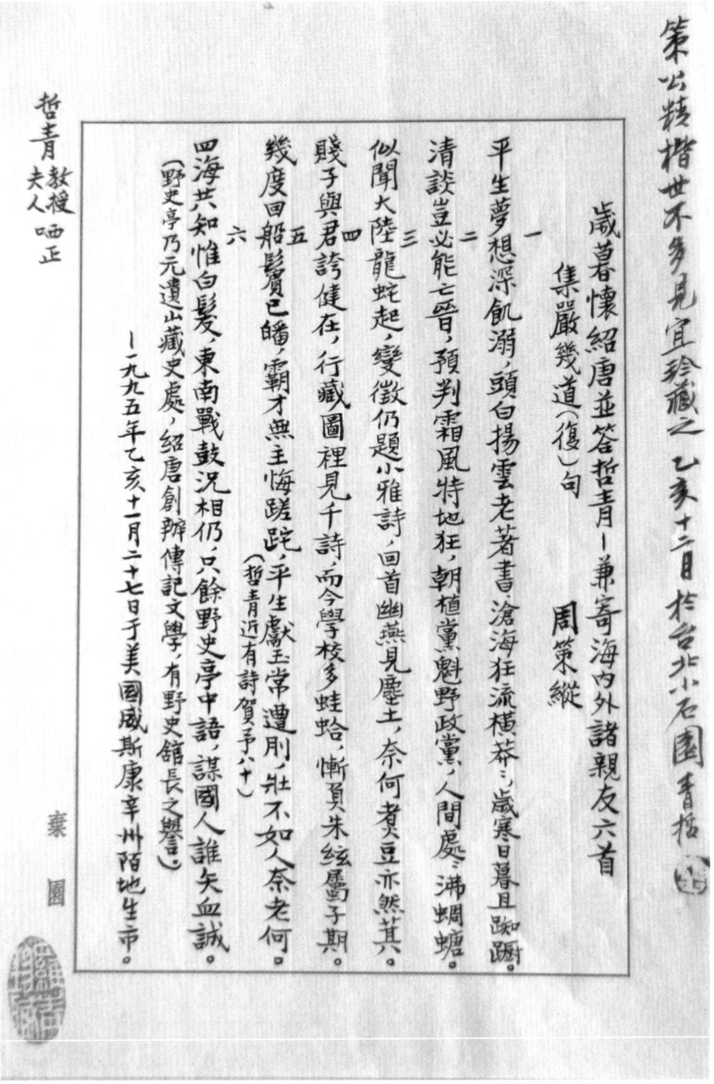

策公精楷世不多見宜珍藏之　乙亥十二月於台北小石園香梧

歲暮懷紹唐並答哲青——兼寄海內外諸親友六首

集嚴幾道（復）句　周策縱

一

平生夢想深飢溺，頭白揚雲老著書。滄海狂流橫莽莽，歲寒日暮且踟躕。

二

清談豈必能亡晉，預判霜風特地狂。朝植黨魁野政黨，人間處處沸蜩螗。

三

似聞大陸龍蛇起，變徵仍題小雅詩。回首幽燕見塵土，奈何煮豆亦然萁。

四

賤子與君誇健在，行藏圖裡見千詩。而今學校多蛙蛤，慚負朱絃屬子期。

五

幾度回船髮已皤，霸才無主悔蹉跎。平生獻玉常遭刖，壯不如人奈老何。（哲青近有詩賀予八十）

六

四海共知惟白髮，東南戰鼓況相仍。只餘野史亭中語，謀國人誰矢血誠。

（野史亭乃元遺山藏史處，紹唐創辦傳記文學，有野史館長之譽。）

一九九五年乙亥十一月二十七日于美國威斯康辛州陌地生市。

哲青教授夫人哂正

棄園

▲周策縱集嚴復句詩（一九九五年，八十歲）。

▲羅青畫，漁村夕照。

先生寓臺時間雖然不長，但去國後，一直以臺灣為第二故鄉，時常於教書之餘，來往臺、港，講學論道，發表詩文，探望老友，提攜後進。

周先生八十大壽時，我曾寄上一詩祝壽，寫的就是這一層意思。

夜宿棄園書災中

在沒有電子信件的時代，手書信函，仍是最方便的通訊方式。我留美歸國後，在輔仁大學任教，與周策縱先生時有書信往返，內容多半與詩畫及學術研討有關。先生乃謙謙君子，與晚輩交，從不倚老賣老，來函皆以「兄」或教授相稱，誠懇而無虛文，與梁實秋、臺靜農老輩諸賢作風一同。

周先生每歲必以大紅卡紙，自製賀年卡，並繫絕句或律詩一首，抒發心境，感慨世情，全以毛筆小楷書之，有喜氣、莊重、親切，三者俱到之妙。因多次搬家的關係，現在手邊僅存一九八四年至九六年的賀卡，茲選八四年七律一首，以窺一斑，這一年先生六十八歲：

客裡殘冬暖舊盟，又隨風雪問安平；
年年日月成兒戲，事事煙雲恕世情；
葉落巢生思鳥聚，庭空室邇覺鄰清；
拋書臥聽簷冰裂，倉促人間得晚晴。

其中「兒戲、世情」，「冰裂、晚晴」之句，工穩中有新意，煩惱中有安慰，可謂異域浮生寫照。

至於他的信札詩稿，現在可以找到的，以一九八五年那封信為最早，也最能顯示他提拔後進的愛才之心：

多時未通音問，只因許久找不到你的通訊處，所以耽擱了。現在只好直寄到學校罷，也許你還在那裡。但是時時想到你的。

在報上常常讀到大作，很高興。Joe Cutter現在本系教書，在他夫婦家裡見到你畫給他們的畫，比過去畫的又多了許多潑辣的風緻了。

四月上旬，臺北的古典文學會議，我可能出席。也許我們又能見面罷。

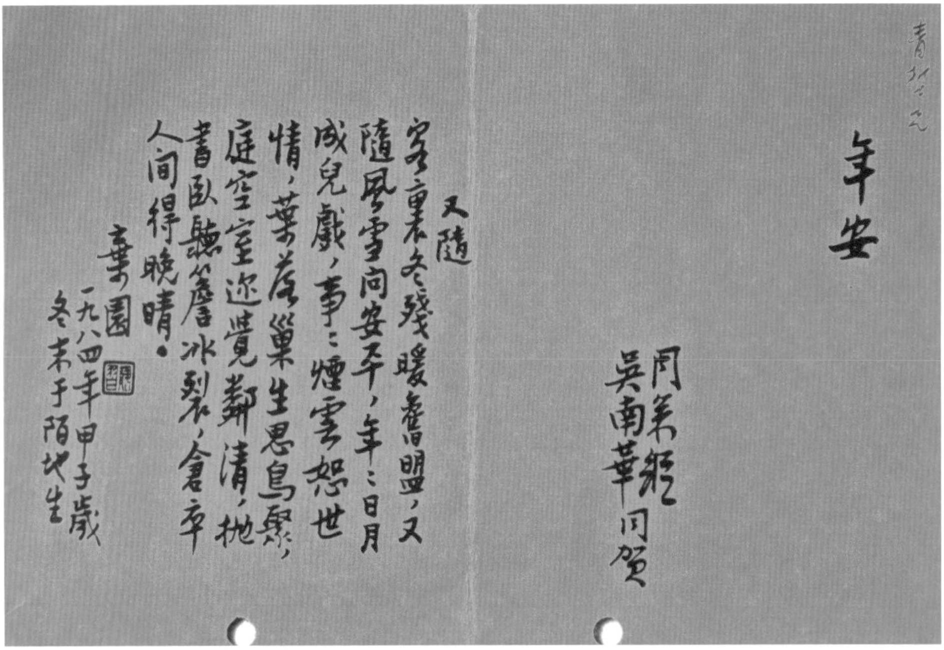

▲一九八四年周策縱賀年卡。

▼一九九六年周策縱賀年卡。

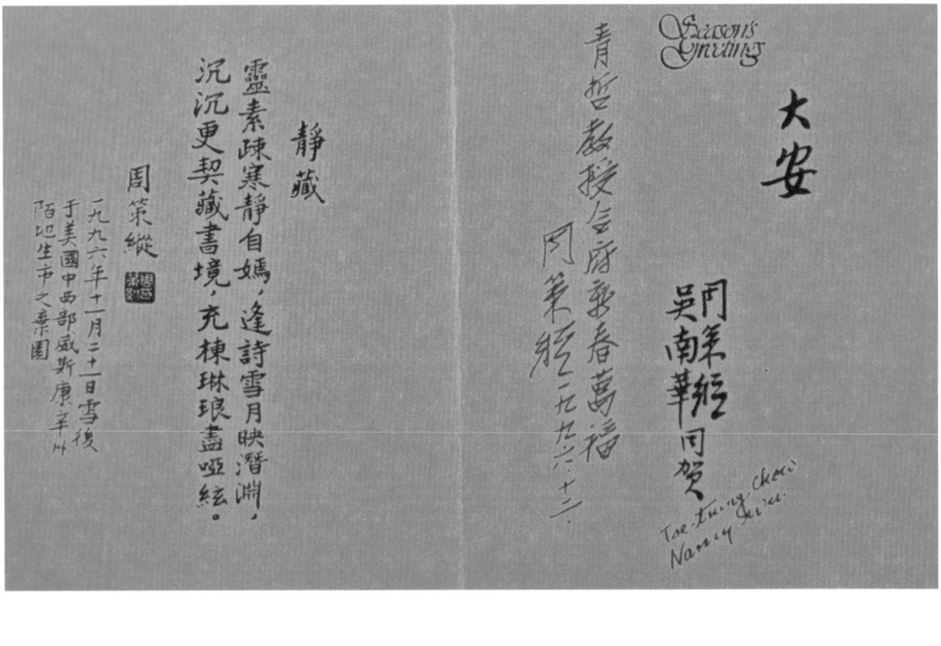

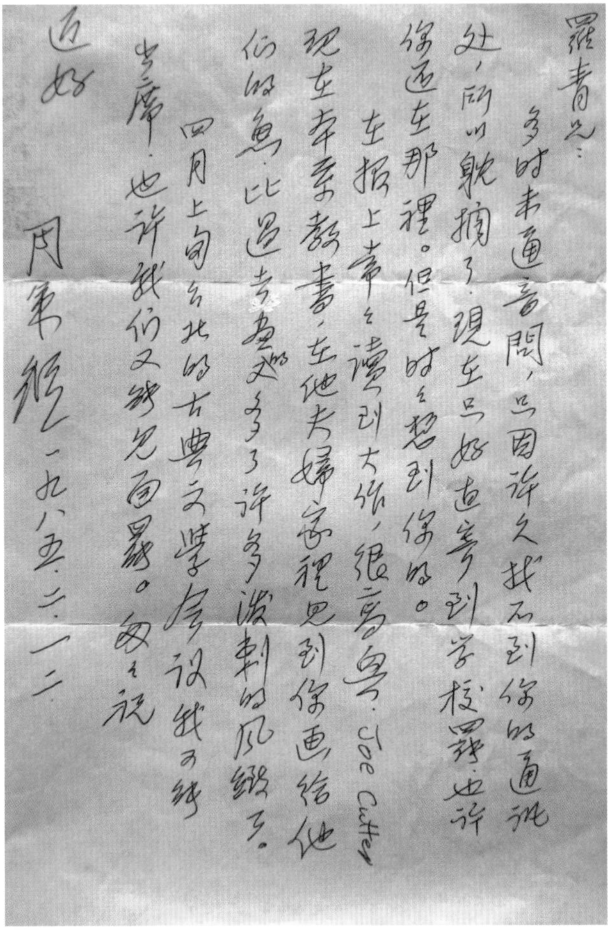
羅青兄：

多時未通音問，只因許久找不到你的通訊處，所以就擱了。現在只好直寄到學校罷。也許你還在那裡。但是時時想到你的。

在報上常常讀到大作，很高興。Joe Cutter 現在本系教書，在他夫婦家裡見到你畫給他們的畫，比過去畫的又多了許多潑刺的風韻了。

四月上旬台北的古典文學會議我不能出席，也許我們又錯過見面機會。匆匆祝

近好

周策縱 一九八五、二、一二

▲一九八五年周策縱書信。

信中除了殷殷懷念之意外，對我的詩畫創作，有溫情的鼓勵與深切的期許。行文之間，用了許多「罷」與「了」字，頗有五四遺風，讓讀的人覺得古風盈然。

一九九三年，我獲得傅爾布萊德獎，赴美國聖路易華盛頓大學客座，周先生聞訊十分高興，來信說，他現在哈佛大學客座，而我則在有美中哈佛美譽的華大「掛單」，應該有機會一晤。三個月後，機會果然來了，麥迪遜威斯康辛大學藝術史系請我演講，有三四日的逗留。先生聞訊，特地從哈佛趕回來，參加我的演講會，而且還提了許多問題，助我臨場發揮，大力捧場。會後聚餐時，他說你來威大，不講一講新詩，實在可惜。好在我在這裡多年，新文學上面有興趣的行家，我都認識，明晚我請你吃飯，飯後到我的「棄園」，做一個小型的演講，我把大家都約來，以便深入討論。之後，可以住在我處，正好徹夜長談。

是夜，真是群賢畢至，俊彥雲集。連思想史大師林毓生先生都被約了來。虧了我的學生林惠玲正好在威大攻讀比較文學，沒有她忙前忙後，打理一切，屆時大家可能連得站著說話的地方都沒有。原來周先生的客廳雖然很大，但因書堆成山，氾濫成災，必須要有人事先清理，不然根本坐不下這許多人。

演講會後，大家討論熱烈，結束時已是深夜了，周先生起身為我安排臥房。他先到客房一看，裡面床上地上早已堆滿了書，連把門推開都有困難，更遑論住人了。他想了想說，到我臥室去看看有沒有辦法，我太太在外地工作，平時都不住在家裡。周先生的主臥室，也是天下奇觀，一進門，只見地毯上都是書，只留一條小徑，通往雙人床，床上一半，也高高推滿了書，只留下一窩一人睡臥的痕跡。臥室窗邊好像還有一張單人床，但也被書籍堆滿，堆到看不出床形的地步。

忽然，他走到床邊，伸手到床下摸索了一陣子，抽出了幾張團扇單冊頁，拿來給我看，說你來鑑定鑑定，這些都是我在弄「紅樓夢鼻煙壺考」時，順便蒐集到的，也不知道對不對。

我定神一看，第一張是張問陶（1764-1814）的書法。周先生笑著說：「你藏有他的行草對聯，我這是他的漢隸斗方，怎麼樣？少見罷？」我好奇歎道：「船山的隸書，確實不多，我另藏有他的山水花卉，題字落款，也都是行草。他與高鶚（約1738-1815）為順天鄉試同年舉人，我那一套改琦畫的《紅樓夢圖詠》，上有他的題詩，也是行書。船山算是研究紅樓夢學者的老前輩，百來年後，今夜能在紙上相逢，亦是有緣。」

其他兩張畫，都是精品小景山水，一幅是張之萬的，另一是戴用柏，筆墨全是文節公一路，清雅疏淡，為畫中逸品。文節、子青，當時有「北張南戴」之目，而用柏是文節從子，盡得家學。晚清畫家中，雨生、醇士二人，因太平天國之亂而殉國，名氣之大，直逼「四王」，號稱「四王湯戴」。尤其是戴熙，真跡十不得一，珍貴異常。能得到這樣的……談著談著，不免打起哈欠來。

周先生見狀，只好當機立斷說：我女兒今年到東岸上大學，閨房空著，你就睡那一間吧。我推門進去，只見書桌、椅子上，也已經堆滿了書，不過，所幸尚未波及床鋪，安睡一晚，當無問題。我回頭望了望客廳的長沙發，放心把行李提了進去。

早餐對坐不見面

夜宿「棄園」，一宵無話。早上起來，竟然已近十點，漱洗完畢，連忙出得房門，只見周先生早已在客廳閱報。他起身引我進廚房說，這裡不比臺北，沒有燒餅油條，我一般早餐簡單，煎一個蛋，加起士肉片吐司，做三明治吃，配上一杯牛奶，一杯橙汁，一個蘋果，就算完事。我忙說足夠足夠，再多也吃不下了。

周先生煎完荷包蛋，往兩只大瓷盤中一放，此時吐司也已烤好，肉片、起士、牛奶、橙汁，都是冰箱裡現成的，正準備上桌，卻發現餐桌上，堆滿了半個人高的書，盤子實在無處可放。

周先生笑著解釋道，我每天早上，都是站著吃早餐，今天你來，可以把座位面前的書，暫時搬放在地上，清一清，大家坐著慢慢吃慢慢聊。

我依言搬下了兩落書，放好了餐盤與牛奶、果汁，至於蘋果，就只好放在旁邊的書堆上了。

我們各自坐下，一面吃著早餐，一面聊著，雖然看不見對方，但是大口咬吐司的聲音，還是清晰可聞。

久而久之，忽然有一種錯覺，好像聽到兩堆書在對話，聲音似近實遠，時近時遠，穿越時空，似真又幻。

好像此刻現在當下正在書房寫作的我，在書籍的環繞下，仍然依稀能聽到先生爽朗的笑聲，從書中傳來。

噯，一次難忘的早餐！

吹號角的人——談周策縱先生幾首小詩

幼琴周策縱先生，晚年得香港浸會大學中文系研究基金之助，責成高棣陳致教授編輯《周策縱舊詩存》，於二〇〇六年在港精裝出版，並惠寄一冊至寒舍，做為紀念。

書名「舊詩」，有別於新詩也，新詩未有集，而舊詩先出，示珍惜編次也。《舊詩存》收錄十三歲至今七十七年來的千餘篇詩作，幾無遺漏，倩弟子陳致作序，而先生竟無一字序說跋語，存而不論，交付公評，以謙退示寶愛也。

陳序云：「先生語必不離詩。時一謁先生，輒見先生枕於詩，坐於詩，動以詩隨，靜以詩侶。牧齋所謂山水文章即日用飲食，此先生之所以為詩人也。」是真知先生者也。

文中所謂「詩」，包括新詩與舊詩，在一九六〇年《五四運動史》問世之前，先生就著手編輯《海外新詩抄》，稿成於一九七三年，為浪跡大陸、臺灣以外的詩人，留存心血，傳諸後世。先生舊詩，評論者眾，我不能贊一辭。先生新詩，我亦未能通覽，嘗聞有《胡說草》之輯，不得親見，亦無法評說。然先生嗜吾新詩，多所稱讚，曾寄小詩四首，以詩論詩，啟我無明。閱讀再三，時有心得，謹抄錄如下，略述所見。

周策縱〈小詩四首〉：

〈沒有〉

月亮又來了
卻不見山影
因為沒有人的號角

——二千年十月二十一日夜
于美國威斯康辛州陌地生市，時年八四

〈一聲〉

撕開一朵雲
剁碎滿地落葉的嘆聲
我家的細草長得高且模糊了

忽然，忽然間
失去了什麼總想不起來
舞廳裡裙帶翩翩
揚起隔世的煙塵
清晨有風來訪
說是那人又去了

——二千年十月二十四日夜深

〈問訊〉

本來不想打電話給你
無奈那邊的風很緊
恍惚有隻沒舵的帆船
是漂流向海外呢
還是回家？
遠古以前沒找到他

明天也仍然不見
也許候鳥的彩羽全已濕透了
哦，你說，以後再說罷！

——二千年十月二十五日半夜

〈**風色**〉
天上的烏雲越來越濃了
那首詩還不能出版
得看風色怎樣

——二千年十月二十五日半夜後

先生新詩，語調全承五四初期的白話詩，意味在胡適與徐志摩之間，喜用「了」、「呢」之類的白話虛字結句，讀來有一種稚拙趣味。不過，其新詩句子雖然淺白暢曉，但含義卻曲折含蓄，幽深不露，近乎廢名馮文炳，並不易解。其門生高足，往往也未能得其真旨，迷悶難開，恨無鄭箋。

我雖不敏且鈍，然卻愚勇有餘，姑且試為一探，望能擷取詩中奧義一二，就教高明。

〈風色〉一詩，當指大陸文網縝密之時，「詩」或「批判意見」之能否出版，還要看政治風向而定。

〈問訊〉一詩，指大陸遊子在流外與歸國間，矛盾徘徊不定，家鄉「那邊」依舊政治「風緊」，賢明的「他」依舊「不見」，「以前」難找，未來也「仍然不見」，而「候鳥」般的遊子，「彩羽全已濕透」，無力再飛，只好欲語還休。全詩況人也自況。

〈一聲〉一詩，較為難解，似有本事，涉及私人私情，主題著重在憶往或懷友。前三行，大意是說殘雲碎葉，如撕碎的理想與抱負，但卻滋潤養育了家中「細草」，而往事如煙，「總想不起來」。「舞廳裡裙帶」與「隔世的煙塵」，當是指民國舊聞，或是抗戰往事。既然「那人又去了」，表示「那人」還會回來，可謂嘆人又自嘆，兼而有之。

最後，字數最短的一首，也是最難解的一首〈沒有〉，應是以詩論詩之作。「月亮」當是指「詩思」或「詩作」，又一首詩或又一輪明月出來了，卻依舊照不出山影，照不到知音的讀者。原因是「沒有人」，登高一呼，吹起嘹亮的詩之「號角」，引人矚目。全詩大約是為滯留海外的詩人而作，而編輯《海外新詩抄》的周先生，當是那吹號角的人。

——《文訊》雜誌三三三期，二〇一三年七月

小詩四首　周策縱

沒有

月亮又來了
却不見山影
因為沒有人的號角

—二千年十月二十一日夜，
于美國威斯康辛州陌地生市，時年八四

一聲

撕開一朵雲
剝碎滿地落葉的歎聲
我家的細草長得高且模糊了
忽然，忽然間
失去了什麼總想不起來
舞廳裏裙帶翩翩
揚起隔世的煙塵
清晨有風來訪
說是那人又去了

—二千年十月二十四日夜深

本來不想打電話給你
無奈那邊的風很緊
恍惚有隻沒舵的帆船
是漂流向海外呢
還是回家？
遠古以前沒找到他
明天也仍然不見
也許候鳥的彩羽全已濕透了
哦、你說，以後再說罷！

—二千年十月二十五日半夜

風色

天上的烏雲越來越濃了
那首詩還不能出版
得看風色怎樣

—二千年十月二十五日半夜後

哲青教授郢正

時常想念你，盼近況清吉。總記起在你家看你的畫。特別喜歡那幅〈平湖曉眺〉（題目記不起來了），如有彩色印出，請寄我一份，以便隨時觀賞也。

夫人及合家均此問候

周策縱 二千年十一月三日

歲月裝訂一本書

——詩賀周策縱先生八十生日

人生如線起又伏
歲月裝訂一本書
厚薄全憑自己定
東缺西誤校不出

扉頁題辭親手書
內頁插畫信筆塗
封面龍吟又虎嘯
封底白雪酒一壺

雪愈白　酒愈香
白髮滿頭出雪鄉
策杖縱筆冰原上
一氣寫出月夜松影飛動十里長

一頁一夜一明月
一字一行一流泉
頁翻八十方過半
墨點千萬燦如繁星伴月天一片

一片誠心祝先生

雪窗筆花開不斷
詩思妙趣瓣瓣來

花香之中有墨香
一瓣一頁傳下來

來去人間一顆心
尖圓齊健一枝筆
筆似身手瘦長人長壽
心如天秤平常心常平

卷三

高板凳與矮板凳

高板凳與矮板凳
——懷詩人周夢蝶（1921-2014）

前言：初入詩壇的滋味

第一次見夢公先生，是我大學三年級開學不久。那是我迷元人散曲以及現代詩的高潮時期，手邊預備了兩本筆記簿，一本記散曲小令中讀到佳句、佳篇，以備題畫之用；另一則雜記想到或偶得的奇句、奇喻（metaphysical conceit），以及短詩，其中不乏模仿胡適以降，各家各派的新詩作品。

那時我住在新莊輔仁大學理學院男生第一宿舍，二人一間，在當年算是非常寬敞的「豪宅」了。可是對愛塗鴉的我來說，仍嫌太擠太窄，因為一旦畫興發起，便要盡情揮灑筆墨，容易搞得顏料墨汁雞飛狗跳，弄得驚慌失措貼壁而走的室友，由起先的善意、好奇、旁觀，漸漸轉為厭倦、厭煩、厭惡，於是白眼不免常翻，嘴臉愈發歪斜，室內氣氛，遂入冰點。

沒奈何，只好把隨時湧現的繪畫靈感，用文字在筆記本上記錄下來，以便週末回基隆時再畫。不料記多了，自己看看，好像與當時登在報章雜誌的新詩，或現代詩，差不了多少，甚至有一些，好像可能還更勝一籌。要不了多久，記新詩、現代詩的那一本，居然幾乎已完全寫滿，拿在手中，厚厚一冊，像微微鼓脹發熱的麵包，令我大有珠璣滿腹，才高八斗之感。於是，便起了投稿野心。

不料，一陣車輪亂投下來，篇篇慘遭退稿，害得我，弄巧成拙，搖身一變，居然，成了男一舍的名作家。原來，大家都從人來人往的宿舍公用信插架上，知道我與各大報社雜誌，有密切來往，不是名家，焉得如此！弄得我心中鬱悶不平，大嘆編輯有眼無珠無膽，苦得我一肚子尷尬辛酸，無處訴說。

那個年頭，圖書館中有關新詩及現代詩的資料，十分貧乏，僅見於卡片目錄的幾本，禁書又占了泰半，想找一冊可以解惑的參考書，竟不可得。

就在這個時候，輔大「水晶詩社」的社長，歷史系才子詩人方方（陳芳明），及

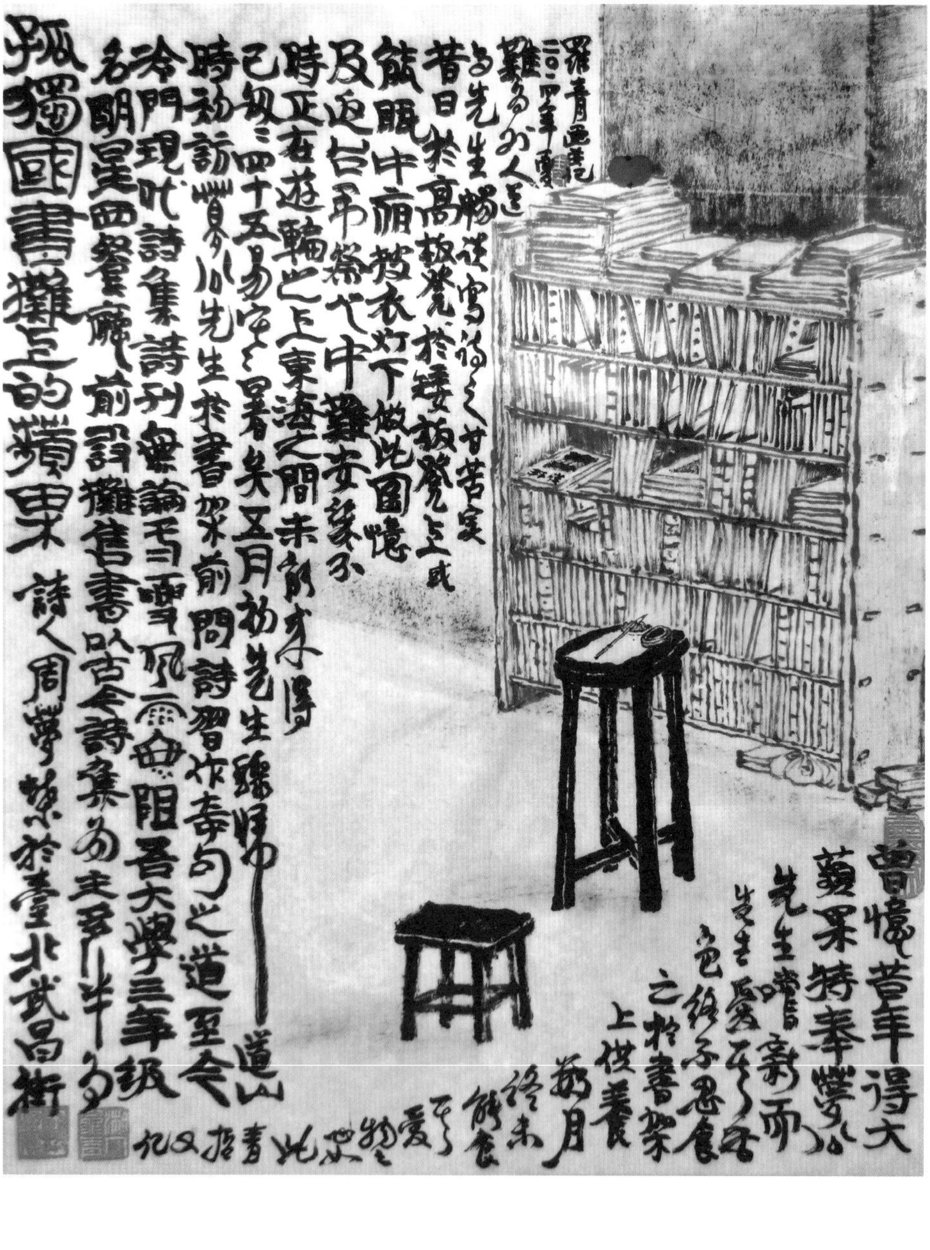
孤獨國書攤上的蘋果
詩人周夢蝶於臺北武昌街

時指點我，說詩人周夢蝶在臺北武昌街設書攤，賣的全都是與現代詩有關的稀有資料，可以一試。我聞訊大喜，於是趁週末返基隆老家，在臺北站轉車時，順道一彎，一探究竟。

詩句一行的滋味

那是一個週六早上還要上課的年代，若遇無課，我通常是起一個大早，帶著乾糧水壺，趕到外雙溪故宮博物院看一整天的書畫。到了傍晚時分，才趕回基隆晚餐。

這一天，我特別在臺北站轉往外雙溪時，繞道武昌街明星西餐店，拜訪夢公先生。時間是八點過一點點，走進武昌街的騎樓，一排店家尚未開門，空蕩蕩的廊道上，遠遠便看到有人在搬書整理書架的身影，我心想，這就是孤獨國書攤了。書攤陳設簡單，但見三尺多高的書架，倚廊柱而立，外加高矮兩個木頭板凳而已。我鼓起勇氣，快步走上前去，斗膽向書攤主人自我介紹，一陣寒暄，說明來意之後，我立刻開門見山，幼稚的拿出了新詩筆記，雙手奉上，敬請指教。

主人看著厚厚一本筆記，先是有些驚訝，繼之有些為難，轉念拉來身後高木凳，十分客氣的讓座，看情形是準備溫和好言婉拒我，或簡明快刀開導我。我見狀，生怕手中的不情之請，遭到回絕，於是只好先發制人，急急解釋道：「先生不忙，可以留下來慢慢看，我現在要趕去故宮看書畫展，一直要看到下午五點，晚上我回基隆之前，再過來請益，這樣可以嗎？」

先生聞言無奈，只好慢聲說道：「你放心去看你的書畫展，我得空會仔細讀過，提點建議。還有，我會選一些合適你的書，可以買回去參考。」

晚上，在華燈初上的時候，我回到了武昌街。夢公靜靜的把筆記還我，順手把一疊用麻繩捆好的書，交了給我。我問價付錢後，急忙打開筆記，期待的問道：「怎麼樣？有沒有值得看的？」

先生再度接過筆記，前翻後翻，翻了半天，最後就著昏暗的街燈，慎重的指著，倒數第二頁的倒數第二行，嚴肅而低聲的說：「看來看去，只有這一行還可以。」

一個饅頭的滋味

第一次在孤獨國書攤買到的詩集一疊，到現在還有印象，其中有余光中的《在冷戰的年代》、管管的《請坐月亮請坐》、方莘的《膜拜》、敻虹的《金蛹》、金軍的《碑》與《歌北方》，還有巴壺天的《藝海微瀾》。以後到夢公先生處買書，大多都沿用同一模式，他見我來了，便在高圓凳的十字腿架上，抽出一疊事先用麻繩捆好的書，交給我。我也從不挑選，照單付錢全收。有時，夢公記憶有誤，書有重複，我也樂於多藏副本，以備日後轉贈同好。例如方莘的《膜拜》，我先後買得數本，都被好友「墨收」了，現在身邊的一本，則是從方莘本人那裡強要到的。

如今想來，當時藏書中，重複最多的還是張愛玲，如《流言》、《秧歌》、《張看》之類的，各種版本皆有；其次則為有關古典詩的選本及論著。

夢公此一階段嗜張，幾近狂熱。我大二時，就藏有文星版的《還魂草》，開卷就是張愛玲〈炎櫻語錄〉中的警句：「每一隻蝴蝶，都是一朵花底鬼魂，回來尋訪它自己。」讀罷印象深刻，至今無法忘懷。

夢公寫詩，喜以類似的「警句」為中心，然後專心一志，圍繞此句，鋪陳、堆疊、拼貼，為求「現代」，不惜多用僻典，不避幽玄，務必澀裡求奇，險中生怪。

那一段日子，詩壇流行「大乘」、「小乘」寫法之說，夢公每每自言，他只能「小乘」羅漢一番，還做不了菩薩。因為，他寫詩總是先有佳句，再苦思綴補成篇，於是拼湊前後之際，每難圓融，割裂過甚之時，又嫌做作，故爾一詩之成，往往嘔心瀝血，來回折磨打磨，有時一字一句一篇之製，幾乎長達十年、二十年之久。

難怪他要常說，寫詩不是人幹的；又難怪他每次講到曾在香港任教英國詩人白倫敦（Edmund Blunden, 1896-1974）的名句：「一塊石頭，使流水說出話來」時，總要歡喜讚歎一番，羨慕人家，隨意散步，就能隨手撿拾佳句，又不甚珍惜的隨手拋扔，輕鬆自在，毫不費力。

有幾次，他讀到我筆記中他認為的好句，不免慧眼英雄，愛不釋手，於是鄭重對我說：「我看這幾句，與你的個性不合，難有發展，就是勉強寫去，也會糟蹋了，不如讓給我來琢磨琢磨，說不定還有希望。」

當時，我筆記中，未能終篇的雜句、散章甚多，個人根本沒有心力，也來不及逐一發展，於是就慷慨一笑，大方雙手奉上。至於夢公後來是否真能得緣發展完成，我就不得而知了。因為有時詩句之成長，詩篇之完成，往往要靠機緣興會，如一味硬寫蠻幹，徒然得到兩敗俱傷惡果，還不如轉贈有緣高人，或能修得正果。現在回想，當時的夢公，可謂正處於嗜句若命時期，苦心孤詣，不下初唐宋之問。

有一次，他在我的皇冠本《流言》封底，寫下一則短偈兩行：「日月橫挑不顧人，直入千峰萬峰去」，認為此偈有茫茫宇宙，孤身直往之慨，氣象博大冷寂，忘了是哪個禪師的手筆。事後我到圖書館查了一個下午，發現此句是由宋元時代三位不同禪師的偈語「重組」而成：其一是「榔栗橫肩不顧人／直入千峰萬峰去也」（《閒覺禪師語錄》）；其二是「柱杖橫擔不顧人，直入千峰萬峰去」（天臺蓮花峰庵主奉先伸嗣語）；其三是「杖頭挑日月，腳下泥太深」（《碧巖錄》卷第三）。夢公深諳現代詩「擬人化」之法，遂誤記如此，反而得一妙解。

由是可知，夢公在佛典語錄與古典詩詞上下的功夫，非同一般。我們看他居然能請到葉嘉瑩先生為《還魂草》寫長序，便可證明。葉教授可是當時研究古典詩詞的大名家，平生最是矜惜筆墨，在此之前，從未替任何人寫過序，更不要說是為現代詩集了。言談之間，夢公對葉先生的學問見解，可謂五體投地。讓我聽了好奇，便向中文系的詩友打聽，無巧不巧，原來葉教授前不久剛好應邀來輔仁開課，外系學生可以隨意旁聽。沒過幾天，「水晶詩社」舉辦演講，請的便是葉先生，題目是「從比較現代的眼光看幾首中國古詩」，由陶淵明、杜工部，講到李商隱、吳文英，其中大部分時間在講《秋興八首》，讓專研英詩的我，大開眼界，受益良匪淺。當晚發放的鋼板講義，刻寫詳細，共有三大頁之多，我一直保留至今尚在，紙張則早已泛黃如前朝故物矣。

聽完演講，我即刻回宿舍，畫了一葉冊頁《林下聽講圖》，寄予夢公，告訴他這樁好消息。不久回信與贈書一起掛號寄到，信中與我約定，到輔仁一起聽課的日期；至於送我的書，則是葉先生自印的《迦陵談詩》，限量精印，樸素大方，可謂絕品。

多年之後，加拿大溫哥華UBC大學請我演講，遇到了時在該校任終身教授的葉先生，午宴過後，她意猶未盡，繼續請我轉往寓所暢談。我見客廳壁上，掛的是靜公先生的書法，不免勾起了一段她在臺大中文系的酸甜往事。我見狀順勢說起輔仁聽課的事，她則一語帶過，似乎早已完全忘了。

當時葉先生在輔仁的課，排在下午一時半，地點是文學院紅樓三樓。我十二點在外語學院下課，便趕往文學院旁的男生宿舍食堂午餐。經過文學院時，我想起夢公與人約會，向來以「早早就到」聞名，不過這應該只限於女士，與男士約，是否如此，則不得而知。心下不免好奇，於是便先轉上三樓教室看看。一看之下，果然，空盪盪大教室裡，最後一排靠窗的最後一個位置，一身黑衣的夢公，已然眼觀鼻鼻觀心的，在椅子上趺坐了，有如中興橋下，失寵又遭遺棄的無名小神像，先被香火，後被廢氣，薰得一身漆黑。

我連忙過去，邀他與我一起下樓用自助餐。他搖搖頭，從深黑大衣口袋裡，掏出冷涼的白饅頭一個，放在桌上，慢聲說道：「我的午餐，一向就是一個饅頭，足夠了。」

我力邀不果，只好匆匆下樓，到食堂替他買了一袋小魚乾炒花生，經過教師休息室，替他倒了一杯熱茶，送了上去，再回食堂排隊，隨意亂吃一頓，匆匆抹嘴上樓。

走到夢公桌前，看到茶喝完了，饅頭卻只吃了一半，一袋小魚乾炒花生，幾乎沒動。他看到我，淡淡一笑道：「虧你想得出，小魚乾花生配饅頭，真是人間美味，非常合我胃口，要留下一點，晚上吃。」

他停頓了一會兒，話鋒一轉，認真補充聲明，「我怕中午吃得太飽，等一下聽課打瞌睡，」說著說著手掌用力朝桌面一拍，「那就糟了！」

一顆蘋果的滋味

大學畢業後，入軍服役前，我得空專程由基隆到臺北去看夢公先生，與他作別。臨出門，看到飯桌上，有一盒進口的大蘋果，便包了一顆，準備奉先生嚐鮮。當年臺灣，不產蘋果，有之，都是外國進口，稀奇珍貴無比，只有在大病住院的時候，才可能吃到。黃春明有短篇小說〈蘋果的滋味〉（1972），可以為證。

見面後，他拿著大蘋果，眉頭微皺，觀色聞香，說：「真是好蘋果，剛才想起一句『我心中有猛虎細嗅薔薇』，但忘了是誰的句子？」我不假思索，立刻像學生答題般回道：「In me the tiger sniffs the rose，是英國一次世界大戰時青年名詩人薩松（Siegfried Sassoon, 1886-1967）的妙句，出自他的名詩〈過去現在未來聚此身〉（In me, past, present, future meet），余光中《英詩譯註》，有譯文。」

夢公拍掌大笑道：「你看看，嘴邊的名字，說忘就忘，這可是早衰的徵兆。」當年先生不過五十出頭，比我父親小兩歲，如今看來，可謂正值盛年。可是在老派人士的眼裡，則大可以正式稱老了。然而先生自謙，總以老弟稱我，要我改口以兄相稱，我試了幾次，總覺不妥，仍以先生或夢公稱呼，方覺順當。

五、六十年代的現代詩人，因無機會出國，又多半在軍中，閉悶鬱塞，情志難通，於是寫詩時，喜歡引用西洋詞語典故，後來甚至擴展至電影故事與對白，為自己多開幾扇可以自由想像飛翔的窗口。這一新發展，倒是變相的繼承了五四的老傳統，遠自王獨清、李金髮，近至紀弦、覃子豪，莫不如此。

《六十年代詩選》中有許多名詩，多半是在閱讀中譯小說與劇本時，汲取到的靈感，於是尋章摘句，顛倒變化，模糊情節，剪裁氣氛，忽而倫敦、巴黎，忽而佛羅倫斯、那不勒斯，極盡煙霧幻想之能事，若無知情人士出來做「鄭箋」，這些詩中的迷語密碼以及誤讀渲染，是斷斷難以索解的。

我曾在文學院紅樓教室中，面對面與夢公一起箋註他的名詩〈豹〉，得到的註解，簡直匪夷所思，忽而美、日小說電影，忽而釋典、二十四史，逐條寫來，比原詩硬是要長上好幾倍。

不過，隨著臺灣七十年代的外貿開放，陽光一照，煙霧自散，這陣風氣，也就一去不回，這類的現代詩，當然頓成絕響，徒令許多人唏噓、遺憾、懷念不已。就像大量開放進口的蘋果一樣，滿地皆是，毫不稀奇，而過去吃出的好滋味，也再難重溫。

後來在虎尾服役，自己也終於嘗到了閉悶鬱塞，情志難通的滋味。所幸夢公先生不時寄來贈書，慰我枯索寂寞之情。其中印象最深刻的就是方旗的《哀歌二三》。而更千載難逢的是，天才詩人李男，碰巧分發到我們連隊裡受訓，也有機會與我一起，沾溉夢公德澤，兩人在友朋之樂外，於詩法上獲益良多，成為終生至友，欣喜自然不在話下。

退伍後，出國前，我在臺北民權東路外貿公司上班，忙於負責接待處理歐美進口商的訪價訂貨事宜；距離武昌街越來越近之後，拜訪孤獨國的次數反倒越來越少，所幸寫詩的旺盛火力，絲毫未減，而且正在準備出版我的處女詩集《吃西瓜的方法》，沒有辱沒先生的教誨。

一日，提著黑色○○七手提箱的我，路過武昌街，不自覺的就走到夢公面前，不待讓座，自顧自的，我在矮板凳上坐了下來，免得他又讓我彆扭的坐上高的。久未見面，當然是先問近況再問新書，夢公為我挑了幾本，正要用麻繩綑上，忽然嘆了一口氣說：「上次你送的蘋果，我一直捨不得吃，放這放那，光是聞其香氣，就很滿足。」

他把手中的書，拍拍整齊，接著說道：「沒想到，一天，我洗手洗臉，換好衣服，準備好好享用時，發現，蘋果已經完全壞了，就剩下一層薄薄的紅色表皮。」

後記：用力握手的滋味

記得第一次與夢公先生見面，握手寒暄時，才一秒鐘，便覺得手掌劇烈發痛，非用全力回握不可。不然，只有慘叫跪地求饒一途，別無他法。就這樣，兩隻手，緊緊握在一起，各自暗自加勁，好像在比賽內功，不持續個五六秒鐘，決不罷手。

是的，與夢公論詩，就像與他握手，非渾身出盡全力，不能全身而退。我與他相交多年，從來只聽他說別人的詩，如何如何好，對於我，就只有初見面的那句「還可以」，就再也沒有下文。

後來與詩友談起「握手」的事，知道這是他的一貫作風，圈內聞名，是我少見多怪了。此刻大詩人管管大步過來，橫插一槓，代夢公解圍道：「握手不用力，不見誠意嘛！哪像臺大外文系那個混帳詩論家，握手時，五指並攏成一直線，真太他媽的虛偽討厭了。」

這時，張拓蕪知道了我的「蘋果事件」，特意走過來，加上一句：「一個大蘋果，算什麼？」又朝我擠擠眼睛，作了個鬼臉說：「我送他一個大西瓜，大西瓜耶，照樣放爛。你還寫什麼〈吃西瓜的六種方法〉，比起周公，差遠了！」

那年，我的詩集《吃西瓜的方法》已再版多次，正熱烈與「詩宗社」的詩友們，在明星西餐店咖啡聚會。夢公先生則渾然依舊，在店外孤獨國內的圓板凳上趺坐，完全不為屋裡的無聊喧譁所動。

七年前我請夢公先生指正的筆記本，早已在畢業、服役來回奔波忙亂搬動之際遺失。幸虧夢公提點，出詩集時，保留了他說「還可以」的那行詩：「就讓我成為你額邊的一波皺紋。」

這看起來幼稚、虛浮又俗氣的青年塗鴉句子，一旦落實到生活中，卻也有出人意外

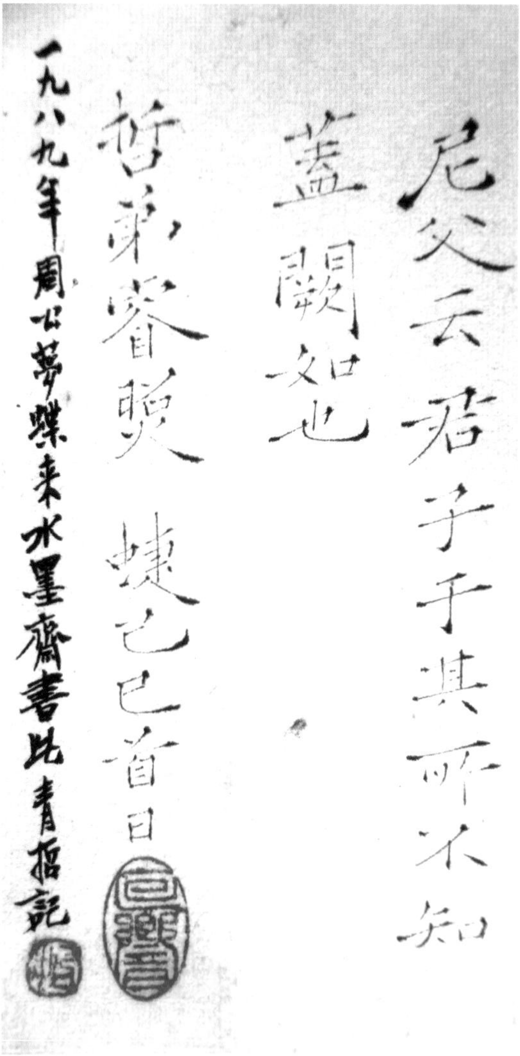

▲一九八九年夢公書於水墨齋。

的誠懇。夢公說得不錯：「句子只要寫得精整，再虛再浮，也有某年某月某日某時，突然落實的一刻，說時遲那時快，情景相互交融，字句恰到好處。」

我不知道，是否曾經是夢公額邊的一波皺紋。但皺紋們知道，現在我的額邊，有一波，屬於夢公。

——原載《中國時報・人間副刊》二〇一四年十二月二十二日

縫合七寶樓臺

——箋註一首算是難懂的詩

民國五十八年（1969）五月二十日下午一時十分，在新莊輔仁大學文學院三樓教室，與周夢蝶論作詩法，共同詳細箋註其修訂於一九六四年的〈豹〉，開歷來由兩位作詩者聯合解註一首自作詩之先例。原詩如下：

〈豹〉

會中有一天女，以天花散諸菩薩，悉皆墜落；至大弟子，便著不墜。天女曰：「結習未盡，故花著身。」——《維摩經・觀眾生品》

你把眼睛埋在宿草裡了

這兒是荒原——
你底孤寂和我底孤寂在這兒
相擁而睡。如神明
在沒有祝禱與馨香的夜夜。

歐尼爾底靈魂坐在七色泡沫中
他不贊美但丁。不信
一朵微笑能使地獄容光煥發
而七塊麥餅，一尾鹹魚
可分啖三千饑者。

雪在高處亮著
五月的梅花在你愁邊點燃著——
由盧騷街到康德里
再由雞足山直趨信天翁酒店

琵琶湖上，不聞琵琶
臙脂井中，惟有鬼哭……

終於，終於你把眼睛
埋在宿草裡了
當跳月的鼓聲喧沸著夜。
「什麼風也不能動搖我了。」
你說。雖然夜夜心有天花散落
枕著貝殼，你依然能聽見海嘯

全詩的靈感，起源於當時流行的德國現代詩人里爾克（Rainer Maria Rilke, 1875-1926）的名詩中譯〈豹〉：

牠的目光被那走不完的鐵欄
纏得這般疲倦，什麼也不能收留。

牠好像只有千條的鐵欄杆，
千條的鐵欄後　便沒有宇宙。

強韌的腳爪　邁著柔軟的步容，
在這極小的圈圈中旋轉。
彷彿力的舞蹈　圍繞著一個中心，
一個偉大的意志在其中昏眩。

有時眼簾無聲地撩起，
於是有一幅圖像浸入。
通過四肢緊張的靜寂，
在心中化為烏有。

詩中的主題意象：「孤獨猛獸」困於「存在」的「鐵欄牢籠」，在臺灣「存在主義」、「苦悶象徵」、「悲劇誕生」流行的年代，這樣的寫法，很容易就獲得廣大藝文愛好者的認同，特別是流亡來臺的青年學生、前衛作家與新兵老兵，讀來如同身受，感觸最為深刻。一時之間，詩壇出現了許多仿作、擬作，襲用江西詩派「奪胎換骨」之法，其中以辛鬱（1933-2015）在一九七二年三月發表於《現代文學》四十六期的〈豹〉，較為成功，惜結尾意象微嫌斧鑿學步，未能自承自轉自合，自出新意。

一匹
豹　在曠野盡頭
蹲著
不知為什麼
許多花　香
許多樹　綠
蒼穹開放
涵容一切

這曾嘯過
　　掠食過的
豹　不知什麼是香著的花
或什麼是綠著的樹
不知為什麼的
蹲著　一匹豹
　　蒼穹默默
　　花樹寂寂
曠野
消　失

周夢蝶的〈豹〉，則能於「奪胎換骨」之外，在詩境上翻新，把「孤獨困獸」置於「情欲」的「宿草荒原」，讓花豹與詩中的主述者，合而為一，在落魄之後，幾經掙扎，復歸落魄，心仍不死。詩中的氣氛，同時也受到義大利大導演維斯康提（Luchino Visconti, 1906-1976）在一九六三年推出的名片：*Il Gattopardo*（*The Leopard* 豹，中譯《浩氣蓋山河》）的影響與啟發。電影改編自義大利文豪蘭佩杜薩（Giuseppe Tomasi di Lampedusa, 1896–1957）一九五八年初版的小說，刻畫一個處於大變革時代的義大利皇族，在沒落、困窘與無奈之中，仍然企圖勉強維持昔日繁華的表象。這種無奈與勉強，與當年國府遷臺政壇之浮沉，亦有呼應之處。

篇首引言中的「結習」，是指「塵世情欲孽緣」，暗示詩中主述者之所以習菩薩道不成，皆因無法與過去的各種欲望，徹底了斷，於是只好在落魄中，與「孤寂」相伴，有如失去信徒或權柄的「神明」，不再享有「祝禱與馨香」的供奉。

接下來，詩人筆鋒一轉，開始引用典故，描寫主述者「過去欲望」的內容。「歐尼爾底靈魂坐在七色泡沫中」一句，指的是美國名劇作家尤金·歐尼爾（Eugene Gladstone O'Neill, 1888-1953）作於一九二四年的名劇《榆樹下的欲望》（*Desire Under the Elms*）。一九五八年此劇被好萊塢改編為電影，由蘇菲亞·羅蘭主演。劇中描寫一八五〇年美國東北新英格蘭農莊老父兒子與年輕繼母之間的亂倫、殺嬰悲劇，物質欲望與感情欲望交織掙扎，演出一場希臘神話式的悲劇，深刻呈現了人物在非理性欲望與真情渴望之間的痛苦困境。所謂的「七色泡沫」，也就是出現在電影中的彩色泡泡一景。

糾纏沉迷在各種七彩的欲望的失落之中，主述者對但丁（Durante degli Alighieri, 1265–1321）在《神曲》（*Divina Commedia*）裡所建議的人生淨化三部曲：「地獄」（Inferno）、「煉獄」（Purgatorio）、「天堂」（Paradiso），完全不感興趣；也不相信《新約聖經》中耶穌可以五餅二魚，餵飽五千信眾的故事。無論《新約》、《舊約》，天主教的傳統，皆無法讓主述者得到救贖。

倒是遭權臣讒毀，失勢被貶長沙的賈誼，頗能象徵主述者在熱火中孤寒清冷的心境。「五月的梅花」一句，典出李白〈與史郎中欽聽黃鶴樓上吹笛〉：

> 一為遷客去長沙，西望長安不見家。
> 黃鶴樓中吹玉笛，江城五月落梅花。

主述者在天氣開始轉為燠熱的五月，反而感受到「雪在高處亮著」的苦凍。他試圖從盧梭（Jean-Jacques Rousseau, 1712-1778）式《懺悔錄》（*The Confessions*, 1769）的感性自白，到康德式的理性批判的反省，一一嘗試一遍，依舊無法為自己開脫解放。而佛家禪道，似乎是一條通往解脫的門徑。

然而諷刺的是，一不留神，主述者就從大迦葉尊者成道的「雞足山」，墮落入世俗肉欲的「信天翁酒店」。此一酒店，典出好萊塢大導演李察・昆（Richard Quine）一九六〇年推出的《相逢何必曾相識》（*Strangers When We Meet*）一片。男女主角分別是寇克・道格拉斯（Kirk Douglas）與金・露華（Kim Novak），可謂絕配。故事敘說家庭幸福的名建築師瑞利，巧遇受到丈夫冷落的瑪姬，產生乾柴烈火的不倫情緣於信天翁酒店。瑞利之妻知情後，隱忍未發，更加深了二人的罪惡感，最後終不敵世情與良心的譴責，決定分手，重回各自家庭。

既然耶穌、佛祖俱無用，那詩歌就更無法療傷了。日本京都有琵琶湖，常見於日本愛情電影中，主述者在此借用其名義，試圖喚起白居易的〈琵琶行〉：「同是天涯淪落人，相逢何必曾相識？」，「別有幽愁暗恨生，此時無聲勝有聲。」之詩意。

而「臙脂井」則是用陳後主故實。叔寶寵愛容貌絕世的妖姬張麗華（559-589），《陳書・張貴妃傳》云：「貴妃髮長七尺，鬒髮如漆，其光可鑒。」又云「特聰慧，有神彩，進止閒華，容色端麗，每瞻視眄睞，光彩溢目，照映左右。嘗於閣上靚妝，臨於軒檻，宮中遙望，飄若神仙。」

張麗華出身秦淮，姿色美豔，十歲選美入宮，遂得專寵。她聰明過人，舉止嫻雅，多才多藝，能歌善舞，深受後主及皇太后柳敬言鍾愛。後主因陳叔陵之亂受傷，養病承香殿。皇后和其他嬪妃不得入，只由貴妃一人侍候。後主每召麗華宴遊，華必薦諸宮女，後宮咸德之，競言其善，人緣極好。她才辯敏銳、記憶絕佳，奏章過目不忘，後主有惑，皆能及時指點，人間有一言一事，必先知之，由此愈受寵信。當時宦官蔡臨兒、李善度掌奏事，偶有不察，麗華竟能逐條裁答，無一遺漏，遂由內庭進而干預政事，終至禍亂朝綱。

北朝隋文帝起兵，遣晉王楊廣為帥，破陳。後主與麗華、孔貴嬪躲入宮井避禍，遭隋軍以粗繩繫籮筐拉起，三人全身溼透，緊抱成團，後皆遇難。因井口太小，三人同時擠出，麗華脂粉，擦於井口，井遂以「臙脂」得名。

最後結尾一節，主述者不斷再次強調，他與他心中的豹，均已能埋眼宿草，不再迷戀過往情欲。「跳月的鼓聲喧沸著夜」一句，是從好萊塢電影有關情欲的叢林月夜場景而來。「什麼風也不能動搖我了」一句，典出東坡《調謔編》〈讚佛偈〉：

稽首天中天，毫光照大千。
八風吹不動，穩坐紫金蓮。

「八風」是指佛家語：稱、譏、毀、譽、利、衰、苦、樂。意為主述者已然定慧十足的超越一切，有能力抵抗各種情欲誘惑。可是，無奈「夜夜夜心有天花散落」，誘惑竟然如雨，不時去而復來。所謂的「天花」，除了象徵「情欲」，亦可具體的指金錢豹身上之黑色豹紋。

「枕著貝殼，你依然能聽見海嘯。」典出法國詩人高克多〈耳朵〉的中譯（見《新詩周刊》第八期，民國四十年十二月二十四日）全詩兩行：

我的耳朵是貝殼；
充滿了海的音響。

又見覃子豪詩〈貝殼〉（見《新詩周刊》第十一期，民國四十一年一月十四日）：

詩人高克多說
他的耳朵是貝殼
充滿了海的音響
我說
貝殼是我的耳朵
我有無數耳朵
在聽海的祕密

此乃全詩結尾意象，指明無論主述者如何努力，終究無法擺脫塵緣，只要枕著自己「貝殼似的耳朵」，「情欲海嘯」誘人的聲音，便立刻清晰可聞。

與周公共同註完此詩後，我暗自決定，今後自己絕不會輕易動用這種詩法寫作。不過，上述一大堆疊疊拼貼手段，乃是從英美詩人艾略特、龐德處，生硬轉來，在當時十分流行，幾成詩壇習套，十分容易讓庸才劣幣魚目混珠。依靠此法，成為「名家」的詩人，也大有人在。然而，成名歸成名，好詩歸好詩，詩法歸詩法，三者之間，因果關係難明。大體說來，以支離雜湊之法作詩，能夠完整超脫成功者少，陷入割裂瑣碎失敗者多，十分傷眼傷神，容易掃盡讀詩雅興。

不過，這類詩，常常受到一知半解的詩論家及詩讀者歡迎，以為句法思想奇異神妙，意象結構莫測高深，可以讓人享盡牽強分析，無端附會之樂，造成勉強臆測的各種導讀，橫行氾濫，弄出愈導讀愈糊塗的惡果，十分可笑。其中規模巨大者，可至博士論文層次，產生許多不真懂詩的博士，在大學系所中出沒，令人為之啞然。

是的，這種作詩、讀詩、論詩的「結習」，一旦上身，也是終生無法擺脫的。真是有什麼樣的詩人，就有什麼樣的讀者與批評家。一般人誤入詩國之後，初到如探桃源，處處新奇，久而久之，則如居於亂邦，但見智賢愚不肖，各有「結習」，大顯神通，生存花樣，愚態百出，此乃古已有之事，如今並不新鮮。不過，好詩與大詩人，總是百年難得一見，也難得一識的，與眾家浪得虛名者，無涉。

南宋詞家張炎（1248-1302）論吳文英（約1205-約1276）詞云：「詞要清空、不要質實。清空則古雅峭拔，質實則凝澀晦昧。姜白石詞如野雲孤飛，去留無跡；吳夢窗詞如七寶樓臺，炫人眼目，拆碎下來，不成片段，此清空質實之說。」近七百年後，王國維《人間詞話》則痛詆吳文英、張炎二人，說「夢窗砌字，玉田壘句，一雕琢，一敷衍，其病不同，而同歸於淺薄」。

寫詩，質實而著相，砌壘而敷衍，偶一為之，可也；若終生奉為典範圭臬，則大可不必。至於自恃自家懂得「奇詩」之道，因而自炫而又炫人、自欺而又欺人的詩人、讀者與批評家，無代無之，不論可也。

——《文訊》雜誌三五八期，二〇一五年八月號

流水記

——江上思夢蝶

夢蝶兄，近來好
近來蝶夢知多少
缺錢否，缺藥否
無錢無藥，有空否
有晴否，有雨否
不晴不雨，缺淚否
缺山否，缺雲否
山雲相親，有伊否
伊如春，君如冬
焚夏成秋，缺愁否

愁付萬古，悠悠否
悠悠天地，你怕否
天黑否，地荒否
天地反目，有燈否
無燈有眼，缺床否
有床缺枕，思家否
家在左，家在右
家人生死，你知否
生如冰，死如水
生生死死，有詩否
詩如有，人如否
不有不否，否還有
有有有，否否否
有無一江無名之水東南西北氣吞八荒否

——選自《水稻之歌》，一九七一年九月

深藏
——弔孤獨國主

看見一個人
小心翼翼把自己深深藏在自己裡面
從不願示人

在絕對至高無上的
孤獨峰頂——細細咀嚼
那絕對無色無味的至樂

註：

我大三時（一九六八年），初識夢公先生於武昌街孤獨國書攤，此後每週過從，教我以詩學，並多次在輔仁大學校園，同班聽課。出國歸國結婚後，由大塊齋移居水墨齋、小石園等處，先生皆常飄然淡然光臨，贈書、贈詩、贈字，索粗茶一盅，即飄然遠引，謝絕一切招待。然論詩時，絕對不假顏色，直指缺失，未嘗有一字之褒。至今思之，已成絕響。先生大去之日（二〇一四年五月一日），我適在日本遊輪之上，僅以此詩焚悼，並以淚灑東海。

——原載《聯合報．人間副刊》二〇一四年五月十五日

香港《明報．明藝》二〇一四年五月二十四日

▲一九九三年與夢公於小石園畫室。

翅

——懷孤獨國主

孤獨國主
趺坐在
寂寞峰頂

高度
比高木凳高了一點點
比矮板凳矮了一點點

形狀

比圓木凳橢圓了一點點
比方矮凳長方了一點點

重量
比千錘百鍊萬斤鑄造的詩集一本重了一點點
比屢遭火焚的一套二十四史灰燼輕了一點點

孤獨國主
把自己坐成
渾圓小巧的毛毛蟲蛹

並在蟲蛹的夢中
準備一雙
收縮展放自如的翅膀

那翅膀
比大鵬鳥的垂天之翼還要大一點點
比小白蝶的粉嫩雙翅還要小一點點

註：

我大學三、四年級時，常至武昌街騎樓夢公先生的孤獨國書攤，談詩論文。書攤的版圖，十分簡單：一架書，加上一高一矮兩板凳而已。每次造訪，遠遠看見，夢公不是坐在高凳上看書，就是坐在小板凳上，以高板凳為桌，練習書法。當他回頭看見是我來了，便尊我為客，讓出高圓木凳，自己坐小方板凳，翻開他手邊的書，進入書中。騎樓內外，行人來往，完全沒有注意我倆的存在，我倆也有不被注意的快樂。

（夢公有一常用朱文印曰：「一毛毛蟲耳」，嘗云：寫我，當不得著一「夢」字，或「蝶」字，一著便俗。慚愧我積習難改，才力卑下，不能免俗。）

——原載《聯合報・副刊》二〇一四年六月五日

卷四 試按上帝的電鈴

羅門

試按上帝的電鈴

——憶大詩人羅門

楔子

有一次，在明星咖啡屋與一群詩友聊天的羅門，忽然停了下來，轉頭，向坐在一旁的我，正色問道：「羅青，你知道我最怕誰？」我愣了一下，腦中飛快的閃過幾個名字，如瘂弦、紀弦、余光中、覃子豪……等等，都不像，都不像天不怕地不怕的大詩人羅門會害怕的。「不知道！」我只好愣愣的老實回答。

「所——羅門——呀，」羅門得意的笑道：「羅門遇到所羅門，馬上就被鎖死了，一點辦法也沒有，古今中外我最怕他。」

貧窮藝術館

「這就是我的『貧窮藝術』美術館，呵呵！」羅門半彎著腰，指著四周圍掛得滿牆，擺得滿地的藝術品，興高采烈的說。「我把這裡完全漆成白色，成為我的 White House，我的『白宮』，是臺灣最早的裝置藝術館。」不過，在此「貧窮藝術」的定義是羅門自己下的，與一九六〇到七〇年代在義大利產生的 Arte Povera 運動，關係不大。事實上，他在談文論藝時，所用的術語，大都以自創自定為主，與學院派無涉。

這是泰順街八號四樓頂加蓋的鐵皮屋，在水泥水塔旁，以鐵皮鋼架支撐出來的一片狹長曲折的空間，前三分之二的長條空間，還算方正，容許人直立行走，後三分之一，有一小小鐵欄柵門鎖住，要低頭彎腰，才能進入，站直了，頭幾乎頂到屋頂，算是美術館的後花園。

整個的牆壁和地面，都漆成了白色，精心放置著各式各樣的破銅爛鐵、木板塑料。「這些都是我在四處撿來的，」羅門繼續耐心的解說道：「別人不要的東西，到了我這裡——欸！別碰，裝置藝術就是這樣，非常脆弱，一碰就碎……在我這裡，就成了寶，成了人類靈魂昇華的象徵。」

「你看，這是我以前的一座老冰箱，沒有壞，還能用，但是，要賣給修冰箱的，居然還不要！我就自己拆了，通通變成了現代裝置藝術，你看，這件作品，沒想到是冰箱蛋架豎立而成吧？」

羅門晚年，因受躁鬱症及骨質疏鬆所苦，齒牙脫落，飲食隨便，整個人忽然變得極瘦極小，縮了一大截，像白雪公主裡的七矮人，雖然追隨蓉子在臺北印尼改革福音派教會（Reformed Evangelical Church of Indonesia）受了洗，但脾氣仍然是時好時壞，像一個任性的老頑童，極難侍候，讓身邊的人吃了不少苦頭。所幸他身體雖然羸弱，但思路依舊敏銳清晰，聲音宏亮如昔，講起文學藝術，眼中光芒四射，氣勢一貫，不減當年。

他打開鐵欄柵，走進美術館的後花園，回頭招呼我進去，指著水塔旁一個凹進去的小角落說，「你坐進去試試，這是個打坐的好地方，閉眼冥思，可以接通天地萬物。」彎腰低頭，我依言鑽進了鐵門，看見右側有一窄小僅容一人席地而坐的方型空間，有如倪雲林的「容膝齋」。齋中放著一個同心圓的坐墊，應該就是打坐之處了，我遲疑了一下，姑且一試的坐了上去。「上次葉維廉來，也坐過，怎麼樣，不錯吧。」羅門興致勃勃的說。我抬頭看了一下四周，掛了許多圓形的東西，心想，既然要接通宇宙，那真非四面圓通不可。

坐了一陣子，我注意到對面牆上，安裝了一個從舊大門上拆下來的圓形白色門鈴，這應當是羅門心愛的藝術傑作，簡直可與杜象（Henri-Robert-Marcel Duchamp, 1887-1968）一九一七年的Fountain（Urinal）「泉」（小便斗）相媲美。

下意識的，我伸手試著按了一下那個沒有電線的電鈴。

燈屋照天下

「貝多芬是我心靈的老管家！」這是我第一次於「燈屋」拜見羅門時，聽到的第一句話，在一屋子交響樂聲中。那年我二十歲，是輔仁大學英文系二年級的學生。一年前，在張秀亞的大一國文課上，我交了一篇作文，張老師當堂朗讀了一遍，讚譽有加，並做了大膽的預言。此後便常受她鼓勵提攜，介紹我她認識的文藝作家。那是一個深秋夜晚，屋內光線溫暖，四十歲的羅門，逸興遄飛，大吹現代詩的大法螺，蓉子與張老師，一句話也插不進去。而她們二位好像也早已習慣了，自顧聊自己的，並沒有出言抗議。

羅門用廣東腔的國語說詩時，對年輕人有一種特殊的魔力，他擅長用新奇的比喻，華麗的詞藻，堆砌各種現代主義的繪畫音樂術語，配合著悠揚的貝多芬或巴哈，讓聽者陷入一種螺旋型的咒語中，在似懂非懂之間，茫然出神而後失神，聽完後，幾乎完全想不起他說過什麼，但卻有一種遠離世俗的暢快過癮感，好像莫名其妙的走入一座祕密迷宮花園，又莫名其妙的走了出來。這種近乎宗教傳道式的魔咒，要聽過兩三遍後，方能免疫。難怪許多詩人新書發表時，或現代畫家展覽開幕式，總喜歡邀請他到場致詞，請帖上有時還印著「名詩人・心靈探測博士主講」，讓觀眾在視覺之外，享受一下語言幻化的魔力。

不過，聽過羅門談詩論藝的人，都會發現，最享受的還是他自己，可以說是完全陶醉在自己滔滔不絕的雄辯當中。套一句葉慈名詩〈Among School Children〉中的金言：「How can we know the dancer from the dance?」至於聽者，只要乖乖作聆聽狀即可，聽得進去與否，是無關宏旨的。只要沒人打岔，他可以一直講下去，一口氣，講上兩個鐘頭以上，或更長。

要是在電話上的話，他會適當的簡短一些，大約四、五十分鐘後，要喘一口氣，有時候我被講得尿急要入廁，便輕輕把電話放下，回來，接著聽。這幾年，他體力大不如前，講不到二十分鐘，便自覺的說下次再談。我放下電話，心中不免有一絲悵然。至於談話的內容，不外乎最近詩壇藝壇上他覺得不平之事與不屑之人，再來就是對我詩畫的溢美之詞，弄得我不好隨聲附和，只有嗯嗯洗耳恭聽的份。

羅門、蓉子位於臺大與師大之間的「燈屋」，在一九七〇到九〇年代期間，以中國的「布朗寧夫婦」（Mr. and Mrs. Robert Browning, 1812-1889）聞名於世，是青年詩人畫家出沒的場所，也是羅門現代藝術的布道講壇，時間長達三十多年，其盛況幾乎可與林海音的客廳相比。當時最常來往的是木柵「星座詩社」的年輕詩人，我就遇到過許多與我一樣的朝聖者。詩人遇到詩人，不用介紹，大家都是自來熟，像是接通了一種自然精神同盟的電波，彼此馬上調轉入一個波長相同的祕密頻道，分享「超以象外」的歸屬感。這種祕密頻道，只在詩人之間存在，遇到小說家或畫家，多半就不靈了。

事實上位於「白宮」之下的「燈屋」，應該算是羅門的現代繪畫藝術館，除了地上牆邊一直堆到樓梯間的書報雜誌之外，牆上掛的都是當時的名家作品。畫越掛越滿，書越堆越多，最後整間燈屋，只剩下進門口的一張沙發可坐人，沙發前有一條窄小的通道，來客只能站著說話。

兩年前，天才女詩人萬志為陪女兒自美返臺，入師大習國語，我請他們母女在綜合大樓停車場附近便餐。餐後我建議：「我退休後，隱居桃園，每次來臺北，因停車師大的關係，都會在對面泰順街口的新東陽，買些肉鬆之類的食品，再配合巷內攤商的水果，去看羅門、蓉子。二老你還沒有拜見過，一起去看看吧！」沒想到，我們剛一進門，說話直來直往的羅門，完全無視於蓉子的眼色，指著我手上的水果說：「還好這次沒有蘋果，上次那些，硬得我根本咬不動，千萬不要再買了。」蓉子只好急忙對客人打圓場埋怨道：「他這個人，就是這樣子，說話太直，老是得罪人。」羅門好像沒有聽見，接著便逕自對訪客介紹牆上掛著的書畫起來。

羅門論詩，雖然口不離現代，但骨子裡，仍然是個十足的浪漫派。但奇怪的是，一談起繪畫，他卻又成了一個徹頭徹尾的現代派，直覺異常敏銳，判斷多半正確，不為耳食所迷，不為虛名所惑，十分嚴格挑剔，等閒作品，絕難掛入「燈屋」。

羅門喜歡論畫，有時甚於談詩。認識那麼多年，我開畫展，他每次必到，但卻從無一字之褒。我知道，以畫而言，他較喜歡莊喆、陳正雄、林壽宇、霍剛、蕭勤、陳庭詩一路的抽象畫，同時對席德進、李德、劉其偉的畫也讚歎不已。對劉國松、李錫奇那些愛以拼貼印染漆刷技術花樣炫世的現代畫，他非常厭惡，常常公開斥責為「虛浮偽劣的工藝品，生產線上的裝飾畫，淺薄而無思想的深度，像商標一樣一成不變，雖然有些

▼一九九七年，羅門於羅青畫展會場。

國際名聲，不過是穿西裝戴瓜皮帽的東方小販，只能趕一時的流行而已。」當面直聲批評，完全不假辭色。

至於像我這樣搞墨彩畫的，似乎好像還在與傳統國畫糾纏不清，實在是無緣入其法眼。他常常疑惑不解的問：「你的詩寫得那麼現代，怎麼畫卻那麼傳統？」他哪裡知道，八十年代初期，我的詩畫是最早朝「後現代」方向探索的，認為《王羲之大唐三藏聖教序》及南宋宋伯仁《梅花喜神譜》是後現代主義作品先驅，這牽涉到「美學典範」（aesthetic paradigm）根本轉變，一時半刻，實在是無法簡單說清。幾年後，我出版華文世界最早的一本介紹《什麼是後現代主義》（1989）的書，曾奉上一冊，也不知他有無興趣翻閱。

不過，對我的書法，他倒是青睞有加。他的詩集《曠野》（1981）出版後，還特別請我大書「曠野」二字補壁，至今仍懸掛在牆上，沒被撤換。

四、五年前，我應大英博物館及 Michael Goedhuis Contemporary 之邀，分別在大英博物館及沙奇（Saatchi）當代美術館展覽，畫作上了沙奇展覽目錄的封面，也出版了專輯畫冊。他看了後忽然對我的畫，大感興趣，態度一百八十度的大轉變，開口要我一幅畫，掛入「燈屋」。我笑說，你的「燈屋」早已掛滿，哪來空間掛我的？他立刻嚴肅答道，只要你的畫來，我保證掛最好的位置。結果就是那天我與萬志為母女看到的《燈屋照天下》（2012）一圖，還真是掛在最顯眼的位置，與莊喆、蕭勤對面。不久，他又製作了三張大海報，對我的畫大加推崇，並花了半年的時間，為此畫配上新寫的「燈屋」詩，另抄在一張大海報上，趁我在臺北開畫展之時，一併送到仁愛路99畫廊。過了幾天，他覺得不滿意，轉程跑來索回重寫重製，再電話約好時間，重新送來。接著，他意猶未盡，又手工製作了由他「詩國出版社」主編的〈藝術評論〉，作為討論我繪畫藝術的專號一冊。幾個月過後，他增訂了十四萬字的《羅門論視覺藝術》一書，在最後幾頁，加上了《燈屋照天下》的資料，依舊由他的「詩國出版社」自費自訂出版。

半年後，他與蓉子隨旅行家馬中欣初訪我設在桃園的「天下樓」畫室，正巧遇到張大千老友小蝶先生陳定山（1897-1987）二位女弟子自美國來訪，羅門十分高興，立刻要我把他製作的海報，全部用磁鐵貼在氈布牆上，親自為二位訪客講解他的藝術理論，由同行的攝影家陳文發拍照紀錄。我看蓉子怕他又開講忘我，便藉口晚上餐廳訂位不易，要提早出發，不料他渾然不覺，一路繼續由車上講到餐廳，而兩位女士，居然也聽得津津有味，一頓飯吃下來，不但主客盡歡，而客客也皆大歡喜，完全出乎大家意外。之後，他又不嫌費事，把這一段資料照片，補印進《羅門論視覺藝術》之中。

羅門對詩與藝術的誠懇、天真與執著，由此可見一斑。

N度存在空間

《燈屋照天下》一畫，以尖峰象徵羅門，永遠在蓉子大山的包容裡，以燈屋為中心為紅心，以詩心藝術為光源，照耀白日黑夜春夏秋冬、洲島山河五湖四海，化筆為舟，自由出入古今中外，絲毫不受羈絆。

羅門看了，以為此畫對「燈屋」有新的詮釋，必須新寫一首「燈屋」詩附之壯之。

▲《燈屋照天下》137×69cm，羅青二〇一二年作。

「燈屋」
光住的地方　沒有圍牆
在無邊的透明中
世界自由的來去

您以「新寫實」新的意趣
點出「燈屋」的心
噴射出無限鮮明純麗的光景
輝映求彩夢千變萬化的世界
且將夢特里安理性冷凝的色面方形
於溫潤渾化的悟性中
轉型為多向度多層面的
立体龐大生命建築——
「燈屋」
光住的地方
0障碍
無窮的東南西北
廣闊深遠
便隨着您的畫筆
進入老莊不可說不可說的
N度存在空間。

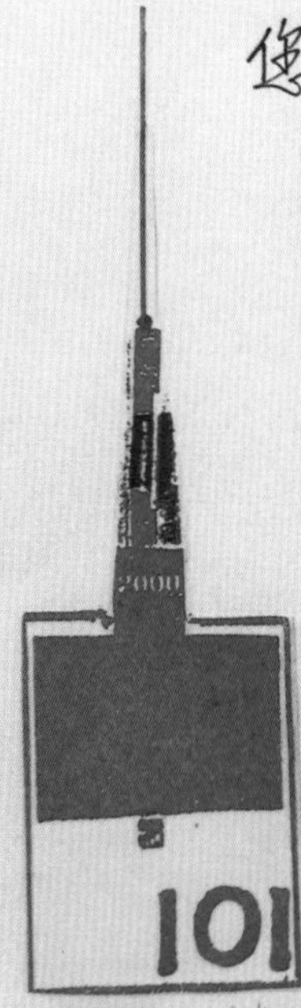

此詩
為大畫家羅青友人
送給「燈屋」的
贈畫而作 2013.3.

Lomen 羅門

詩云：

光住的地方　沒有圍牆
在無邊的透明中
世界自由的來去

您以「新寫實」新的意趣
點出「燈屋」的心
噴射出無限鮮明純麗的光景
輝映來彩夢千變萬化的世界
且將夢特里安理性冷凝的色面方形
於溫潤渾化的悟性中
轉型為多向度多層面的
立體龐大生命建築——
「燈屋」

光住的地方
○障礙
無窮的東南西北
廣闊深遠
便隨著您的畫筆
進入老莊不可說不可說的
N度存在空間

是的，羅門的身體雖然存在於現實世界，但精神卻活在「N度存在空間」，那是一個與上帝為鄰的詩歌藝術空間，所言所行，當然有時很難為現實世界所接受。然他自己卻渾然不覺，就是偶有所覺，也毫不在意。

「我實在告訴你們：你們如果不回轉，變得像小孩子一樣，絕不能進入天國。」（馬太福音十八：三）行將九十歲的羅門，老早在燈屋白宮之內，安裝了一個接通「N度存在空間」與「天堂」的電鈴，只有他，才按得響。

森林是風的鏡子
——羅青憶羅門

大詩人羅門走了，報紙文化版因為版面與廣告的關係，沒有報導，只在電子新聞上，發了一則沒有圖片的短消息。這樣的事情，已成臺灣文化界常態，大家也都習慣了。

我最後一次探望羅門，是一年多前在臺北環河南路的老人安養中心，抽象畫家陳正雄與我同行。安養中心前院窄小，停車不易，要陳先下，停好車的我，方能通過駕駛座旁的位子，爬下車來。

單獨住在二樓「三人房」的羅門，床位靠窗，有布簾可圍拉起來，暫取一絲徒勞的視覺安靜；床旁，僅有三層茶几木櫃一方，上面擺放水壺、水杯、水果及藥物，中層放衛生紙及雜物，最下層勉強塞入他心愛的剪貼簿，厚厚一巨冊。沒有書，也無處擺放，更沒有音樂。以前「燈屋」書災及音響的煩惱，現在完全不見。

樓上侷促，無處可坐，因骨質疏鬆，身形大大縮小的他，穿著過大的舊式西裝如道袍，吃力地抱著巨大的剪貼簿不放，興奮的陪我們坐電梯到一樓交誼廳坐談。我與陳正雄，一時之間，都喪失了語言談笑的能力。羅門則渾然不覺，神采飛揚的翻著剪貼簿，與圍過來的兩名社工人員，介紹我們，大聲說我們倆都是世界名人，有資料圖片為證。兩位年輕人，將信將疑，揚眉斜視掃了我們一眼。

我看他翻到了一頁，上面全是他得獎及獎牌的照片，絕對可以快速開導對詩一無所知的一般大眾。羅門一生愛詩，大詩人的自信，如同天上的太陽，是絕對而不可搖動的真理，不辯自明。對不知道或不認同他重要地位的人，他從不以為忤，只有無限同情與惋惜，一個面對太陽而不察的人，實在是迫切需要在這方面或那方面，予以耐心開導，啟迪拯救的。

羅門喜歡得獎，更喜歡頒獎。不過，他從不鑽營得獎，不隨便誇人，但願意時也絕對不吝奉上讚美與推崇。他常製作大型海報，寫上他精心設計的英文簽押，並畫上可與一〇一大樓造型比美的無線電的遙控對講機，這是他接通天地專屬商標，然後把作品裱好裝框，選一個公開的場合，隆重頒給他高度推許的藝文友人。他興致勃勃的說，他的對講機可以直通「天機」，他的簽名應該緩緩發音成：「落——悶——」，才能顯得裝嚴肅穆。

四年前，《文訊》月刊借臺大場館舉行大型重陽會餐，八十多歲的他，大約是想在已排定的節目中，臨時為一位名翻譯家插入頒獎活動，這當然要遭主辦單位以他的身體安危為由，婉言拒絕。不料他聞言大怒，直接衝上舞臺，在嘈雜的談話聲中，大聲抗議，因為沒麥克風，而沒人注意。為了證明身體強健，他不斷在臺上高聲大步走跳，一連像彈簧一樣，蹦了三下，把舞臺蹦得通通作響，這才嚇壞了大家，面面相覷，束手無策。最後還是由我上臺，好言相勸，才把他攙扶下臺。

有一次，我在「燈屋」欣賞他掛出來的獎牌，發現其中有一塊，既大方又別致，正要上前細看，一旁的他，笑著告訴我，這是他自己頒給自己的。我愣了一下，心想，這真可以說是已進入頒獎的最高境界了。這證明他以前之所以接受詩國門外漢頒獎，應當只是嘉許頒獎人虛心折節學詩的誠意而已，至於真正最懂得深入欣賞詩的當然還是他自己。老實說，除了太陽，又有誰能給太陽頒獎呢？

以前讀莊子〈逍遙遊〉說：「之人也，物莫之傷：大浸稽天而不溺，大旱金石流，土山焦而不熱。」總覺得這樣的事，有點讓人難以置信。現在證之於羅門一生，還真是一番如假包換的逍遙遊。他為了專心侍奉詩神，不到五十就辭了待遇優厚的民航局工作，以微薄的月俸退休度日。四十年來，不知「謀」生為何物；雖生活簡樸時或捉襟見肘，但他從不後悔抱怨，常教人想起莊子〈大宗師〉裡說的：「古之真人，不逆寡，不雄成，不謨士。若然者，過而弗悔，當而不自得也。若然者，登高不慄，入水不濡，入火不熱。」又云：「不知說生，不知惡死；其出不訢，其入不距；翛然而往，翛然而來而已矣。不忘其所始，不求其所終；受而喜之，忘而復之。是之謂不以心捐道，不以人助天。是之謂真人。」「不謨士」，不謀事也。羅門除了「謀」詩歌藝術外，其他一概不謀。天真有如孩童，處世我行我素，說話直來直往，論事嫉惡如仇，朋友即算全得罪光，也毫不在意，他只願活在他自己的世界中。

三年前一天，羅門忽然打電話給我，說要請我吃晚飯，席設師大綜合大樓地下餐廳。羅門請吃飯？這可是詩壇天大的新聞，詳問之下，原來是為了熱心介紹推薦年輕天才畫家，這也是前所未有之事。以前我只知道他喜歡吃魚翅，好客的陳正雄常請他大快朵頤。現在生態保育之風盛行，魚翅宴已成絕響。因蓉子多次跌跤摔傷，不良於行，餐廳雖然就在泰順街口斜對面，但我還是認為，應該以開車接送為宜。從停車場出來，我

▲羅青二〇一四年畫展時，羅門送來精心製作再三的海報為賀禮。

經過餐廳櫃臺，自然順便把帳預先付了。當晚，羅門胃口甚佳，人造魚翅加魚皮，風味居然也不太差。在賓主盡歡，舉杯罷席之際，他匆匆跑到前臺去付帳，當然不果，於是怒氣沖沖的回了來，拿了刀叉要回去與櫃臺小姐理論，大家一陣勸阻無效，嚇得我連忙箭步收回訂金不提。此刻，他又成了儒家「言必信，行必果」的「次士」。

紀念詩人而不談詩，是對逝者生者讀者的三重不敬。但要是聽我論他的詩，說他骨子裡全然是標準的浪漫派，一生標榜現代的他，可能又要拿著刀叉，從天上衝了下來。但他的詩，確實像他自己的名句「森林是風的鏡子」一樣，全靠一陣節奏明亮的情感比喻強風，有勁地吹動了題材的森林，為內容找到了形式，也展現了他自己的精神面貌，儘管他用詞造句，有時刻意顯得十分「現代」，而在實質的「詩想」上，仍是浪漫的老底子。

羅門喜歡比喻，長於比喻，迷於比喻，所有的詩都以比喻為中心，層層向前後左右發展。的確，比喻是寫詩的第一張通行證，想不出精采動人的比喻，等於右腳跨進詩門，左腳又邁了出來。不過有時比喻的風，吹入雜樹較多的森林，不免只有佳句秀出獨立而乏佳構佳篇成形，羅門早期的詩，多半如此。不過，這是他那個時代的通病，到現在此一病根仍普遍存在，只是等而下之，往往連一行警句也沒有，如一堆囉哩囉嗦的潮濕腐木枯葉，用什麼火，也點不著。

從四十歲後寫〈流浪人〉開始，他的詩藝日臻成熟，佳句佳篇，接連而出。我四十年前，曾為文賞析此詩，至今仍被認為是羅門詩中壓卷作之一。羅門耗盡心力寫就的長篇詩作，除了神采燦然的〈第九日的底流〉、〈死亡之塔〉與〈時空奏鳴曲——遙望廣九鐵路〉小疵不掩大瑜外，其他如〈都市之死〉、〈隱形的椅子〉、〈曠野〉都稍嫌用力過度，流於渙散支離，不能一擊中的。反倒是只有一百多行的〈觀海〉，寫來包羅萬有，暢快淋漓，盡得浪漫精神之極致，又能節奏一貫首尾呼應，宜乎被鐫刻在他老家海南島海濱巨石上，傳諸後世。曹孟德是古今大詩人中最早寫觀海詩的，羅門此詩一出，幾乎要闗今後登臨吟海之口。我後來創作〈多次觀滄海後再觀滄海〉一詩，特意用附註的手法，全引曹操詩並變化之，以為對照，就是想與大家一起互別苗頭的。

至於他最拿手的短詩如〈麥堅利堡〉、〈彈片．TRON的斷腿〉、〈教堂〉、〈賣花盆的老人〉、〈傘〉、〈全人類都在流浪〉、〈咖啡廳〉、〈車禍〉、〈週末旅途事件〉、〈「麥當勞」午餐時間〉，早已經批評家一再討論，津津樂道，成為習詩入門者必讀的經典。

羅門與同輩詩友相得者不多，最欣賞他推崇其詩藝並理解包容他為人者，首推余光中、楊牧、張健、張默諸君子。余光中連續贈他詩作兩首，情誼之深之厚，為余詩中所罕見。楊牧為他出版《羅門詩選》（1984）並為文推薦說：「羅門之詩，以豐富的想像和準確的譬喻見稱，感情澎湃，觀察入微，其詩恰如其人，是當代文學真實誠摯的代表。」又讚他「詩風堅實有力，意象暢朗，音響跌宕，自成一體，廣受詩壇推崇，影響青年詩人甚鉅。」一言而有據，字字中的，毫無誇大阿諛過譽的地方，充分顯示文人相重的大度。張健、張默各有專文論羅門的詩，褒貶公允，針砭實在，也是難得的知音評友。

晚輩詩人中，以林燿德（1962-1996）、陳寧貴二家，研究羅門最勤，成績斐然。燿德在輔仁大學時旁聽我的「現代詩習作」課，為了跟我習詩，手段激烈，在法律系延畢一年。後隨我編《草根》詩月刊，旋又一起編《臺北評論》(光復書局)，策畫「春暉叢書」，出版羅門詩集《整個世界停止呼吸在起跑線上》。我建議他寫賞析羅門詩為磨練「詩才」、「詩識」的試金石，不料他才高「九斗」，轉瞬之間，已成當時最炙手可熱的天才青年評論家。陳寧貴論羅門的文章最多，隻眼獨具，立論中肯，是羅門的忘年知音及最佳鼓吹手。

我對羅門詩的研究尚淺，在廣度與深度上，都距離上述諸名家甚遠，然在公認的羅門名詩之外，對〈野馬〉（1969）、〈野馬〉（1975）、〈月思〉、〈一把鑰匙〉、〈上升成為天空——致莊喆〉等詩，情有獨鍾。尤其是〈月思〉一詩：

深夜

月亮把一塊光
縫貼在地毯上
母親仍為我過年的新衣
　在老家的燈下
趕縫著最後的一個口袋

我走近窗前
身上那個口袋
竟就是那塊月光
手摸袋裡的壓歲錢
才發覺那枚發亮的銀圓

是千里外的月

母親　我如何去拿呢
妳的手在那麼多舉起的槍枝中
　又永遠的縮了回去
妳走後　誰也沒有告訴我
妳的臉與妳給我壓歲的銀圓
　仍一直寄存在月裡

（註：離家三十多年，只知道母親在家鄉去世了，但不知道她是在哪一陣槍聲中離去的。一九八一年作）

此詩合李白〈靜夜思〉與孟郊〈遊子吟〉為一爐而轉化之，結構以三行三行對照為一節，全詩三節十八行中，下列各組意象：如「千里月亮」、「老家燈下」；「地毯」、「新衣」；「一塊月光」、「身上口袋」；「銀圓」、「月亮」；「壓歲錢」、

「母親的臉」；「母親的手」、「舉起的槍枝」等，交錯輝映，來回轉換，有如天衣，熨帖無縫。尤其是「壓歲錢」、「銀圓」、「月亮」的象徵轉換，可謂神來之筆。全詩對照福祿「壓歲」的美好願望，與無情時間的殘酷摧殘，充滿了歲月流逝、死亡到來的無奈。詩中用詞遣字，平易委婉，自然流轉，舉重若輕，浪漫的宣洩不再，理性的控制恰好，反而使詩中感情更形豐沛飽滿，悲哀之痛愈發深沉摧心；於是，思念之結更加沉鬱難消，遺憾之恨增添悔意無限。

詩末一註，完全不動聲色感情，看似閒閒著筆，其實意在勾畫時代背景，控訴連年戰禍，並讓全詩的主述者，還原成一個與母親失散的孩子，為全天下逃難失散的家庭叫苦申冤，為詩中的言外之意畫龍點睛，成為作品有機構成不可分割的重要部分，絕非贅語。全篇情感深厚含蓄，意象穿插迴環，起句貼切，結尾警拔，為當代思鄉懷母之絕唱，突破古今詩歌藩籬，直可與李、孟比肩而無愧色。

五十歲以後的羅門，早已在這樣的詩中，不知不覺的超越了輕狂自戀的浪漫與刻意新銳的現代，渾然自在的把生命、生活與詩，融為一體，出入過去現在，接通東方西方，詩藝入神，感人至深。與那些不堪卒讀以平淺說教為高的蠢詩相比，實在有天壤之別。

完美是豪華的寂寞

——羅門金句選導言

詩人羅門（1928-2017）在農曆丁酉新年前辭世了。詩人雖然寂寞的走了，但詩卻豪華的留了下來，繼續發光發熱，在讀者的閱讀裡，不斷生長茁壯，通過反覆的淘洗，雜質盡去，讓其中真淳的天趣，完整又完美的，展露顯現。

在海峽兩岸「人才紅利時代」的全盛時期，詩人留下了詩集九部：《曙光》（臺北：藍星詩社，1958）、《第九日的底流》（臺北：藍星詩社，1963）、《死亡之塔》（臺北：藍星詩社，1969）、《隱形的椅子》（臺北；藍星詩社，1976）、《曠野》（臺北：時報文化出版公司，1980）、《日月的行踪》（臺北：藍星詩社，1984）、《整個世界停止呼吸在起線上》（臺北：光復書局，1988）、《有一條永遠的路》（臺北：尚書文化出版社，1990）、《誰能買下這條天地線》（臺北：

文史哲出版社，1993）、《在詩中飛行——半世紀羅門詩選》（臺北：文史哲出版社，1999）、《全人類都在流浪》（臺北：文史哲出版社，2002）。

外加自選集十三部，與蓉子合著伉儷詩選集三部，種類繁多，數量可觀。在這些作品中，詩人展現出非凡的才華與豐沛的創造力，感情飽滿，意象豐富，語言流暢，比喻新奇，真可謂多產又多樣，是中國當代詩壇最重要的詩人之一。

從民國四十三年（1954）在臺北認識女詩人蓉子起，羅門便開始寫詩發表，誠心不二，專精奉獻詩神，六十年如一日，所有的活動，全與詩和藝術有關，傑作傾巢而出，成為詩壇難得的佳話。民國六十六年（1977），剛屆五十歲的羅門，毅然辭去優厚待遇的工作，全心投入詩歌詩論的創作，成績更為可觀。

羅門詩作，最引人注意的是他對語言節奏的掌握，意象比喻的經營，兩者交輝互映，貫穿全篇，一氣呵成，陽剛又威猛，響亮且奪目，佳句時現，金言處處，朗讀聲調鏗鏘，聆聽十分過癮，細省層次深刻，回味甘美酣暢，成為他作品最迷人的所在。

對初習誦詩的愛詩者而言，一開始就讀羅門的長篇巨制，可能會在他螺旋性繁複意象的推演及擴散中，因意象詞語閃爍而迷失方向，不得要領；又往往會在他詭譎比喻的跳躍與移位中，因理解困難而卻步不前，半途而廢，斲傷了讀者好不容易培養成的高昂雅興，失去了享受一場華美辭語盛宴的機會。為了幫助讀者順利進入羅門豐富多彩的「詩國」，暢飲他神奇的意象之泉，比喻之酒，一本簡明的《羅門金句選》，應該是打開他語言佳釀的第一把鑰匙。

我與羅門相識論交，近半個世紀，對他的詩創作、詩方法及詩理論，均有親切的瞭解。因此不揣淺陋，斗膽在羅門豐富的創作中，嘗試甄選佳句短章六十則，配以圖畫助讀，作為有意研習羅門詩作的指南。

大體說來，從四十到六十歲左右的二十年間，是羅門創作的巔峰期，因此本書選輯的金句，也大致集中在這一時期。但為了滿足各個不同年齡及階段的讀者需求，我由淺入深，讓他各個時期不同的佳句詩行，平衡而均勻的入選，並在文字詩句的排列上，稍作機動調整，便於讀者更順利的進入詩意詩境，還請執著於版本的學者，幸勿責怪。羅門在編輯各種不同版本的自選集時，常常刪改修訂舊作，結果有的成功增勝，有的不改反佳，有的成效則在兩可之間。在此，我本著摘取精華的原則，擇優而選，不一定以新版為準，還望讀者及研究者諒察。

例如妙喻「森林是風的鏡子」，原出自於長詩〈死亡之塔〉：「強風找不到它森林的鏡子」。照理說，原句把「強風」、「森林」、「鏡子」之間的關係，戲劇化了，應該更佳。但我還是以為，羅門在談詩時，為了引用方便，將該句濃縮成「森林是風的鏡子」一句，單刀直入，簡潔傳神，更適合做為「金句」選錄。

因為「強風找不到它森林的鏡子」一句，語境未完，要與上下文同讀，方能成功。然此句卻夾在兩句平庸的過場句子之間：

自由脫離它鐵絲網的娖姆
強風找不到它森林的鏡子
退潮帶不走它抱過的岸

當然「鐵絲網是自由的娖姆」一句，現在看來，意思翻新，不能說是平庸。然此句是當時流行「矛盾語法」的產物，非「強作解人」，不能說通。即使說通，爭議仍大，若選來作「金句」，可能要自尋煩惱。至於「退潮帶不走它抱過的岸」一句，只是配合「自由」與「強風」的輔助意象。從上下文看「自由」、「強風」、「退潮」，都象徵著人的精神靈魂，而「鐵絲網」、「森林」、「岸」，則象徵人的肉體。當「死亡」來臨，精神與肉身分離，再也無法合一。上述三種比喻，只有「強風」與「森林的鏡子」

之間的關係，最為自然貼切，最合適入選。

同理，「落葉是風的椅子」，出自〈隱形的椅子〉一詩，原句為：「落葉是被風坐去的那張椅子」，有限制想像空間，太過特定之嫌，不如他濃縮之後的句子，較為自然開放，更具詮釋彈性。可見乾淨俐落的「單刀句法」，是寫金句的不二法門之一。

不過，話又說回來了，有時囉嗦也可成就金句，如〈寂寞之光〉一詩中的六行：

我已熟悉你來時
踏響我心的樓梯之音
如那造訪的馬車蹄聲
擊亮我深居幽暗的庭園，
而我將燃亮腦海中所有的燈塔
當你駕著靈感的巨輪經過。

六行詩句只講一件事：「你來了」，你走路來，坐馬車來，駛「靈感的巨輪」來，而我是「心的」小樓，是「幽暗的庭園」，是「腦海中」擁有眾多「燃亮」燈塔的海岸。句式與意象，層層遞進，漸漸擴展，由陸入海，由小樓而庭園而燈塔，囉哩囉嗦，但囉嗦得極妙，讓人讀後，有了無限華美的想像。

近代最通俗的金句寫法，多半出自莎士比亞，例如他的《十四行詩》第三十首一開頭：

When to the sessions of sweet silent thought（我傳喚記憶前塵往事）
I summon up remembrance of things past,（到美好沉思的公堂）

就是把抽象的「記憶前塵往事」比做具體的「被告／證人」，把「美好沉思」比喻成「法院／法官」，讓「記憶」與「沉思」，有了人世間「被告」與「法官」的戲劇性關係。Sessions 的意思是法院法官主持的「一場場庭訊」，以局部「庭訊」暗示「整體法院法官」，以法律用語「summon」（傳喚）來暗示被傳喚的人是「被告或證人」。用這種「類比法」（analogy）及「局部暗示整體法」或「提喻法」（synecdoche）來寫作，在印歐語系中，比比皆是，是日常生活用語的一部分，也是中國人習英語的主要障礙之一。因為中文多半用直陳法，很少把抽象名詞具體化後，又用動詞將之戲劇化。

中文說：「寒流來了，冬裝上市。」不會說：「The cold front ushers in winter collection.」把「寒流」比喻成「引導員」，把「冬裝」比方成「選美小姐」，讓引導員把美人 usher（引導）就位，站在鎂光燈照亮的舞臺上，也就是讓冬裝出現在奪目的櫥窗之中。

羅門的〈城裡的人〉一詩中，就有這樣的寫法：

他們擠在城裡
如擠在一隻開往珍珠港去的
「唯利」號大船上
欲望是未納稅的私貨
良心是嚴正的關員

在中國傳統文學中，對這種以比喻造成的奇句，並不特別推崇。賀知章〈咏柳〉中的名句：「不知細葉誰裁出？二月春風似剪刀！」比喻新奇，可以直追英國十七世紀玄學派詩人（Metaphysical poets）的「奇喻」（conceit）。仍無法與〈省試湘靈鼓瑟〉

中的，「曲終人不見，江上數峰青」匹敵。因為後者用的是《詩經》「賦、比、興」中的「興法」，看似平淡無奇，前後兩句，似相關又不相關，不相關又似相關，能夠喚起的想像空間更大，更能超越時空。

「曲終人不見」本是「賦」法敘述，接下來一句，應該要說明音樂家或聽眾，在音樂結束後，都到哪裡去了？我曾開玩笑的認為，接續的下一句應為：「回家去小便」。然如此這般落實，焉能成為金句？不過，「江上數峰青」一句，實在跳得太遠，與前一句毫無關係，這中間的「空隙」，還需要讀者主動參與，方能竟其全功。

細查之下，「曲終人不見」是聽覺上「起伏的音樂經驗」，繼續在心靈中延長回味。因回味之不足，故接著把此一「起伏的音樂經驗」，通過「興」的平行對照法，順利轉化成視覺上「起伏的青峰經驗」，讓江上彩色青山的起伏，繼續迴響剛才江畔的音樂的起伏。中國文學所推崇的名句如李煜〈浪淘沙〉裡的「落花流水春去也，天上人間」，還有黃庭堅〈王充道送水仙花五十枝〉的「坐對真成被花惱，出門一笑大江橫」，都是以「興」法平行對照，寫出看似無關卻又有關的有名典範名句。

羅門詩中，用「興」法平行對照的例子很多，有的成功，有的平常。本書選了下面兩行，作為代表佳例：

神父步紅氈
子彈跑直線

此詩反映當時越戰的慘烈情形，詩人讓「神父」與「子彈」平行對照，把「宗教」與「戰爭」之間的荒謬關係，尖銳無情又含蓄的凸顯了出來。

詩人寫詩，首重奇警佳句的經營，正如劉勰《文心雕龍》所謂：「愧采百字之偶，爭價一字之奇，情必極貌以寫物，辭必窮力而追新。」詩人得到佳句後，當注意謀篇精當，甚至出奇，最後則要句篇皆佳，方為上品。如一首詩的重點在謀篇，則奇句有時可以稍微抑制，以求全篇得以突出。

然而，辨識一個人是否有詩才，最容易的辨法，還是要看他是否有佳句警句。

有才的詩人，金句唾手可得，用字簡單，句法平易，意思尖新，毫不費力，讀來層次多重，回想雋永可傳。無才笨伯，使盡吃奶力氣，努力扭曲行句，奇字挖空心思，意象詭譎製造，詩思割裂雜湊，排列顛三倒四，以難懂炫耀同儕，用苦情欺哄論者：製造偽深奧以忽悠大外行，推出假創意來震懾真蛋頭。結果無他，只不過證明自己是蠢材，讀者是苦主而已。

有趣的是，還有一群批評家，逐臭海濱，非難懂不喊爽，要猜謎才過癮，自欺欺人，大寫論文，學理套用無端，註解堆積如山，非如此不足以顯其博學而無識，還辯解說，詩就是不可解，不可說，引用 *Against Interpretation*（Susan Sontag, 1966）之類的寶典，為護身符咒。若簡單質問此詩妙在何處，則往往支吾以對，顧左右以言他，支離無措，不知所云。

還有一種狡詐的庸才，自知無力創新，只能平來庸去。於是將「平」就「平」，以「庸」倡「庸」，假淵明為遮羞布，盜禪話為擋箭牌，以平淺為樸實無華，號稱雅拙；以愚鈍為沉潛幽深，自詡格高，到處招搖宣揚，遇人自我標榜，同時藉以蔑視同儕，迷惑下愚。

老實說，沒有一個詩人，會看到現成佳句由天而降，卻故意不直接了當的寫將出來，硬把到手的佳句，加工切割包裝到無人能識後，才推出來獻醜。放翁云：「佳句本天成，妙手偶得之。」詩人而無妙手，絕對無法「偶得」任何佳句。正如詩評家如無慧眼，亦無法識得真珠之詩。

無奈，妙手詩人與慧眼詩評家，都是數十年難得一見的麒驥。而萬一一旦出現，也多半會陷入寂寞孤單之境，少有人識。創造完美的詩，與欣賞完美的詩，都注定要在寂寞中完成。而那種寂寞，卻是豪華無比的。羅門名句：「完美是最豪華的寂寞」，希望讀者能在本書中，不斷與此豪華相遇。

最後，謹以此書，獻給蓉子與羅門，作為我們忘年結交，相識相知多年的紀念，並祝福蓉子在無限好的夕陽微風之中，品味日落月升之間的無邊寧靜，繼續創作出繁星滿天的動人詩篇。

我是大詩人

——紀念老友羅門（1928-2017）

天地山川樹木花草
大家都給我注意
我是詩人，最純粹的詩人
而且是大——詩人
我來了！你們顫抖吧

我要用溫文儒雅的名詞
把你們磨練成野蠻粗暴的動詞
用瘦小膽怯的副詞把你們

變性成風騷誘人的形容詞
再變成人獸機器三合一的介詞

我要用詭譎絕妙的比喻
錯亂你們空洞的形式內容
讓你們徹底抓狂找不到北
森林是風的哈哈鏡
落葉是風的搖搖椅

我要用無聲可看的音樂
打擊震撼你們血肉骨骼
教你們發抖暈眩且旋轉
螺旋形的尖叫嘶吼急降入十八層地獄
又不斷的上升上升閉緊雙眼升入天堂

▲羅青畫《羅門月思》（2016）。

我要用渾身霓虹爪牙的都市
把你們的天地線摳下來拆下來啃下來
抽你們的根筋扒你們的草皮
讓一切都扭曲成閃亮的鐵條鋼架
建造出一座透明雕花的死亡之塔

我要用無頭無胸只有槍砲的戰爭
為你們孕育最最巨大又恐怖的靜默
讓所有的聲音都從「破玻璃的裂縫裡逃亡」
讓樹葉害怕移動，鳥雀忘卻鳴叫
「時間逃離鐘錶」，記憶埋葬回憶

最後，我要在無極曠野之上
高高懸起一把隱形的椅子
然後，千姿百態的坐了上去

讓你們終於有了抬頭仰望的藉口
有了練習聯想狂想的機會

讓整個世界停止呼吸在起跑線上
準備向漂浮似流浪人的我
滾動迴旋自轉公轉而來
來到我充滿悲劇象徵的腳下
聆聽我靈視映照螺旋型架構的第三自然

當然，大家是什麼也看不到的
除了光芒四射日月的行蹤之外
運氣好的話，在風雨交加的夜晚
或許大家會看到一點螢火或一閃微星
照亮我內心深處最完美最豪華的寂寞

後記：

初識羅門於「燈屋」，我二十歲，他四十歲，轉眼半個世紀過去，「人才紅利時代」過去，他也隨之過去，留下了詩集《死亡之塔》（1969）、《曠野》（1981）《整個世界停止呼吸在起跑線上》（1988）、詩組〈隱形的椅子〉（1976）、〈日月的行蹤〉（1984），還有名詩如〈流浪人〉、〈月思〉，名句如「森林是風的鏡子」、「落葉是風的椅子」、「完美是最豪華的寂寞」，天真倔強又專橫的，以大詩人之姿，孤獨過去。

完美是最豪華的寂寞
〔註〕(1) 當100人中的99人，
都認為那是對的；
只有他站在101至高點，
持有異議時，上面那句話，
便雙手送給他；他也誠摯
回敬大家一句話：
「公理不一定是真理」！
(2) 此言是在看人的心靈位置；
大多數人活着，根本沒有碰過這句話
101
2010.4.14.
羅門

〔附錄〕

咽下一枚鐵做的月亮

——弔一位青年天才詩人之死

二〇一三年，大陸臺資企業富士康大樓，連續發生十三起青年工人跳樓自殺事件，登上了全世界報紙的頭條，留下了無數錯愕與惋嘆！新聞中，這十三條年輕的生命只是十三個數字，好像一堆面目模糊又相互類似的驚嘆號而已，！！！！！！！！！！！！！，個個頭顱直接朝下，無人探索自殺背後的隱情與真相。

二〇一四年，從元月到九月，同樣的悲劇事件，又發生了兩起，而新聞界已失去了報導的興趣。不過，九月在深圳跳樓自殺身亡青年工人，留下了許多的詩篇。大家看了遺作後，發現他寫出了大陸千萬背井離鄉蝸居在都市陰暗角落打工族的心聲。

青年工人之死成了天才詩人自殺，事件開始有了不一樣的發展。詩人的名字是許立志（1990-2014），在二十四歲的青春年華，就毅然決然用一個巨大的問號？為自己的生命與詩篇，做了斬絕的總結，令人想起了一個甲子之前出生的天才詩人楊喚（1930-1954）。下面這首詩，是詩人在自殺前一年所寫的：

〈懸疑小說〉

去年在網上買的花瓶
昨天晚上才收到
實事求是地說
這不能怪快遞公司
怪只怪
我的住處太難找
因此當快遞員大汗淋漓地
出現在我面前時

我不但沒有責備他
還向他露出了
友好的微笑

出於禮貌
他也對我點頭哈腰
為了表示歉意
還在我的墓碑前
遞上一束鮮花

——二〇一三・六・六

這樣鮮活精簡的語言，奇警曲折的結構，孤獨絕望的意象，是在單調又緊張的工廠車間中孕育的。我們看到詩人的青春，在生產線上擱淺，有如擱淺在沙灘上的幼年鯨魚，充滿了死亡的異想。

〈車間，我的青春在此擱淺〉

白熾燈為誰點亮
流水線旁，萬千打工者一字排開
快，再快
站立其中，我聽到線長急切的催促
怪不得誰，既已來到車間
選擇的只能是服從
流動，流動
物料與我的血液一同流動
左手用於白班，右手用於晚班
老繭夜以繼日地成長
啊，車間，我的青春在此擱淺
我眼睜睜看著它在你懷裡
被日夜打磨，沖壓，拋光，成型
最終獲得幾張饑餓的，所謂薪水……。

卓別林《摩登時代》（*Modern Times*, 1936）的生產線，在二十一世紀的今天，依然是活生生的夢魘，每日準時四處上演。「白班」是從早晨八點到下午五點，若加班便延至七點；「晚班」則從夜間八點到早晨五點，加班同樣延長兩小時。白班和晚班一個月輪一回，大部分工作時間，詩人都需要站著完成生產操作。

當然，年輕的工人也有青春的幻想與渴望，在鐵皮與鋼架冰冷的氣流之下，在車間與寢間乾澀的水泥路上，怯生生的春天，雖然在異鄉，還是來了。

〈春天來了〉

春分已過
可春天好像還遲遲不來
既未聞鳥語，也未見花開
無論宅在家裡，還是走在路上
我都能感到冬天
明顯沒有要走的意思

……直到清明過後，小雨初逝
暖陽在山的那邊探了探頭
我終於擺脫了身上的臃腫
率先穿起了短袖
走在人來人往的街頭
眼看著姑娘們胸前的兩個小凸起
一天天地明顯
我知道，春天已經來了。

故鄉呢？故鄉的春天呢？怕是回不去了，即使努力回去，也是一無所有，親人、同學、朋友，全都四散，沒法與任何人團聚，更看不到一絲春天的氣息。

〈團聚〉

不算短了

掐指一算
我的生命已經活過兩輪
我應該知足了

剩下的最後幾天
我回到了我的村莊
……昔年破敗的祖屋
在我的親人們相繼離開以後
不知從哪一夜起
也塌得只剩半堵土牆了

呵，真是懂事的半堵牆啊
即使塌，也要塌成一塊墓碑的樣子……

死亡意象，在他的詩中，開始無所不在，但卻又總是慢慢浮現。

許立志的「工友」說他曾多次想辭職，去圖書館或書店工作，但卻一直未能如願。他寫自薦信給「夢想工作的地方」——深圳中心書城，列舉自己發表在刊物上的作品，反覆強調對書的熱愛：「無數個節假日，我早早地坐上公車，再轉兩趟地鐵。早上在書城，下午在對面的市圖書館，中午買瓶礦泉水和一個麵包，就算把午餐解決了。最讓我感動的是傍晚的夕陽下，各路民間藝人在書城廣場爭相亮相，好不熱鬧。傳統音樂和西洋音樂的巧妙組合，常常讓我癡迷。」如此熱情洋溢的文字，並未為他帶來同情與理解，一再受挫之後，他沉默了。

〈**衝突**〉

他們都說
我是個話很少的孩子
對此我並不否認
實際上
我說與不說
都會跟這個社會

發生衝突。

是的，衝突是免不了的，知心難尋，知音難覓。鼓起勇氣，闖入寫作的新天地之中，但又發現，有慧眼的編輯少，有詩眼的編輯更少，有詩心的評論家就更不用說了。無奈只好依舊回到冰冷的車間，回到單調的生產線上，把星閃的螺絲釘，看成光明的月亮。

〈我咽下一枚鐵做的月亮……〉

我咽下一枚鐵做的月亮
他們把它叫做螺絲
我咽下這工業的廢水，失業的訂單
那些低於機臺的青春早早夭亡
我咽下奔波，咽下流離失所
咽下人行天橋，咽下長滿水鏽的生活
我再咽不下了

所有我曾經咽下的現在
都從喉嚨洶湧而出
在祖國的領土上鋪成一首
恥辱的詩。

無所不在的死亡意象，總是慢慢的，堅定的，無堅不摧的，不顧一切的，緩緩浮現。詩人既然無法美化生活，只好美化死亡，進而成為死亡的化身。

〈入殮師〉

經過不懈努力
我終於通過了
殯儀館的面試
成為一名入殮師

明天將是我

正式入職的第一天
自然馬虎不得
為此我特地把鬧鐘
調快了一個小時
以便留有充足的時間
站在鏡子前
好好整理自己的遺容。

人生曲折走來，情況各有不同，「通則」無法通行，「忠告」常不中用，遇彎不能直走，直行無處調頭，猶豫無補於事，決定就該從容。當然，無論如何，生活應該從容，遇難不必慌亂；寫詩必須從容，退稿坦然接受；即使一朝走到懸崖邊緣，面向死亡，也該從容以對。

〈**我彌留之際**〉

我想在草原上躺著

▲羅青畫《逃獄的月亮》（1980）。

翻閱媽媽給我的《聖經》
我還想摸一摸天空
碰一碰那抹輕輕的藍
可是這些我都辦不到了
我就要離開這個世界了
所有聽說過我的人們啊
不必為我的離開感到驚訝
更不必歎息，或者悲傷
我來時很好，去時，也很好。

沒有憎恨，沒有抗議，沒有抱怨，沒有惋惜，沒有眼淚，沒有乞憐。有的，只是一張張雪白的詩稿，被風從書桌上，片片吹落下地，吹落如一張張隨風飄落的被單。

〈**私人收藏**〉

三天前洗的被單

到今天還沒乾
其間我曾多次動用吹風機
沒想到結局還是一樣
煩躁之下
我索性將它扔到空中
就當是為天空貢獻了一朵
私人收藏的白雲。

當詩人從高樓上，墜落如一片枯葉，詩人的詩，卻似被單，在人海之間，升起如一片白雲，出乎意料之外的，覆蓋可以覆蓋的人們。

被單旁，應該有一束鮮花。

〔後語〕
無聲之響

今年初，我在臺北「99藝術中心」舉辦「回到未來——羅青七十回顧世界巡迴展」首展，余光中先生偕夫人及幼女季珊自高雄專程北上，由張健教授作陪，蒞臨展場，觀賞指導。

參觀期間，余夫人提到我數日前，在《中國時報》及《聯合報》發表紀念詩友羅門的回憶文章及悼詩，抱怨說，我這幾年所寫的散文，都沒有集結成書，有些錯過了，就不容易再找到，很不方便，真是太懶了。

我無奈的回答，近年來手機微信推特、電子書電子報熱門當道，紙本出版社維持不易，原來的老讀者皆已老去，未來的新讀者不知何處，只能埋頭專心畫畫，不好給人製造出書的麻煩與困擾。

余夫人聞言，沉默半晌，有些不以為然，但卻沒有作聲。

數日之後，我忽然接到九歌出版社總編來電，熱情力邀，促我出書。原來余夫人動了俠義心腸，順應機緣，說動九歌，拔刀相助，把我重新拉回到文學園地中來，整理荒蕪的苗圃，繼續勤奮耕耘。

我掐指一算，從二〇〇三年在民生報出版《螢火蟲》手寫本後，已近十五年沒有新的詩文集問世。這段期間，雖然也有十多本中英文書籍出版，但多半是書畫集及藝術史專書。只有二〇〇八年出的修訂版《小詩三百首》與詩文有關；再來就是二〇一五年捷克出版的《詩是一隻貓》中捷對照詩畫集。嚴格說來，上述諸書，都是校訂舊作新印，只有中捷對照本中，收入了〈布拉格詩鈔〉及其他一些新作。

近幾年來，文壇詩壇前輩師友，陸續謝世，臺灣過去六十年來所儲備培養開花結果的「人才紅利時代」，也進入尾聲。我有幸躬逢此一數千年難得一遇的大時代，不能沒有文字紀錄。

一個時代過去了，也就過去了。感嘆惋惜都無補於事，也沒有必要，但是，時代消滅，人物亡逝，留下來的事蹟、言行、思想、著作，卻不能沒有紀錄，不能沒有多角度多層次的深入紀錄。但願這本小書，能為這個轟轟烈烈的「人才紅利時代」，補上一個小小的註解，不負余夫人知賞的一片苦心。

書名《試按上帝的電鈴》，雖是紀念詩人羅門文章的題目，但其象徵意義多重，做為書名，也很洽當。因為一個過去的時代與人物，就好像一個被拔去電線的電鈴，再也不能回應生者手指的試探。希望我這本小書，有如此一電鈴，只待慧眼人，伸出「將心比心」的手指，輕輕一按，就會響出一個時代的無聲之響。

九歌文庫 1261

試按上帝的電鈴——人才紅利時代之一

作者　羅青
責任編輯　蔡佩錦
創辦人　蔡文甫
發行人　蔡澤玉
出版發行　九歌出版社有限公司
臺北市105八德路3段12巷57弄40號
電話／02-25776564・傳真／02-25789205
郵政劃撥／0112295-1
九歌文學網　www.chiuko.com.tw
印刷　前進彩藝有限公司
法律顧問　龍躍天律師・蕭雄淋律師・董安丹律師
初版　2017年8月
定價　340元

書號　F1261
ISBN　978-986-450-136-6
（缺頁、破損或裝訂錯誤，請寄回本公司更換）

國家圖書館出版品預行編目資料

試按上帝的電鈴 / 羅青著.
-- 初版.-- 臺北市：九歌, 2017.08
192面；17×23公分. --（九歌文庫；1261）

ISBN 978-986-450-136-6（平裝）

855　　106009827